Carta ao Celebrante por Dorian Gray

Carta ao Celebrante por Dorian Gray

· R.T. COUTINHO ·

Copyright © 2024 Rodrigo Coutinho
Copyright © 2024 INSIGNIA EDITORIAL LTDA

Todos os direitos reservados. Nenhuma parte desta publicação pode ser reproduzida ou transmitida de qualquer forma ou por qualquer meio — gráfico, eletrônico ou mecânico, incluindo fotocópia, gravação ou outros — sem o consentimento prévio por escrito da editora.

EDITOR: Felipe Colbert
PRIMEIRA REVISÃO: Roberta Garcia
COPIDESQUE: Felipe Colbert
CAPA: Equipe Insígnia / Ilustração gerada por AI
QUARTA CAPA: Image by artbutenkov on Freepik
DIAGRAMAÇÃO: Equipe Insígnia

Publicado por Insígnia Editorial
www.insigniaeditorial.com.br
Instagram: @insigniaeditorial
Facebook: facebook.com/insigniaeditorial
E-mail: contato@insigniaeditorial.com.br

Impresso no Brasil.

```
Dados Internacionais de Catalogação na Publicação (CIP)
           (Câmara Brasileira do Livro, SP, Brasil)

    Coutinho, R. T.
       Carta ao celebrante por Dorian Gray / R. T.
    Coutinho. -- 1. ed. -- São Paulo : Insignia
    Editorial, 2024.

       ISBN 978-65-84839-33-5

       1. Drama 2. Romance brasileiro I. Título.

24-210333                                    CDD-B869.3
              Índices para catálogo sistemático:

    1. Romances : Literatura brasileira    B869.3

    Aline Graziele Benitez - Bibliotecária - CRB-1/3129
```

AGRADECIMENTOS

"Primos Primeiro, Segundo, Terceiro, Quarto, Quinto, Sexto, Sétimo. Primas Primeira, Segunda, Terceira, Quarta, Quinta, Sexta, Sétima. Tio Maconha e Tia Larica. Tia Favorita e Tio Pana. Tio Caolho e Tia Gatinha. Tio Independente e Tia Orçamento. Tio Prolixo e Tia Esfinge. Tio Comédia e Tia Ketlin. Tio LSD e Tia LSD. Tio Exemplo e Tia Inspiração. Tio Ataia e Tia Ouvido. Tio Dois Estômagos e Tio Nunca Casa. Tio Conservador e Tia Análise. Tio Espião e Tia Arqueira. Tio Favorito e Tia Última. Tio Cárdio e Tia Eu Já Sabia. Tia Maluca. Tia Avó Bar, Tia Formol Linda De Olhos Azuis. Tia Lula Um. Tia Filósofa e Tio Fantasma. Tio Trismegisto e Tia Tantã. Tia Poliglota e Tio Jovenzinho. Tio Intelectual e Tia Desbocada. Tio Ator e Tia Linda. Tio Cantor e Tia Bolso. Tio Doutor e Tia Lula Dois. Tio Chinês e Tia Econômica. Tio Sonhador e Tia Fofa. Tia Especial. Tio Empreendedor e Tia Beata. Tio Coach e Tia Forte. Tia Professora, Tia nunca casa e Tia Ex-Coutinho. Tio Viajante e Tia Pimenta. Tio Plástico e Tia Anestesista. Tio Primeira Voz. Por último, Tio Anjo, que de certa forma, representava Os Mortos."

Este livro é apenas o começo, uma pequena gota de um oceano repleto de histórias de Garcias, Carvalhos e Coutinhos, com seus inúmeros personagens marcados pelo amor e pela loucura. Outras obras ainda virão para relatar todos os casos que merecem e devem ser contados para que a memória dessa gente nunca se apague. Agradeço por fazer parte e ser aceito pelos que aqui estão. E a todos que se foram, saibam: vocês nunca irão enquanto estiverem vivos em nossas lembranças. Em especial à Tia Favorita e ao Tio Favorito, pela importância e consideração ao protagonista deste singelo *causo*.

DEDICATÓRIA

"Se entregou sem medo, sem dor, com a alegria de uma aventura de alto mar, e sem vestígios da cerimônia sangrenta além da rosa da honra no lençol. Ambos o fizeram bem, quase como um milagre, e continuaram a fazê-lo bem de noite e de dia e cada vez melhor no resto da viagem, e quando chegaram a La Rochelle, se entendiam como amantes antigos."

"Então ele a olhou, viu-a nua até a cintura, tal como a imaginara. Tinha os ombros enrugados, os seios caídos e as costelas forradas de um pelame pálido e frio como o de uma rã. Ela tapou o peito com a blusa que acabava de tirar, e apagou a luz. Ele então se refez e começou a se despir na escuridão, jogando nela cada peça de roupa que tirava e que ela devolvia morta de rir."

"Era inevitável: o cheiro das amêndoas amargas lhe lembrava sempre o destino dos amores contrariados."

Trechos de *O Amor nos Tempos de Cólera*, de Gabo.

"Não existem amores impossíveis: o que existe é o tempo para eles se realizarem."

Por isso, dedico este livro a você, minha Fermina, minha eterna Viúva Negra de Íris Amarela.

Constele-se!

"*Mostre-me um casamento realizado por um celebrante que tenha dado certo, e lhe mostrarei mil que não deram.*"

Enteada

CAPÍTULO I

UM FALSO JACARÉ

Há várias maneiras de se marcar a infância de duas crianças. De todas, meu pai escolheu uma das mais estúpidas!

Estávamos em uma caminhonete, eu, Enteada e ele, em uma estrada de terra, indo para o sítio. Ele deu um grito, freou o carro bruscamente perto de uma lagoa que ficava às margens da estrada, desceu correndo, atravessou a cerca de arame farpado, pegou um jacaré, lutou contra ele e o matou. Estávamos assustados, claro, porque eu e Enteada tínhamos cinco anos e ficamos sozinhos dentro do veículo, com medo de que ele morresse.

Aquela cena nunca saiu da minha cabeça. Meu pai matou um jacaré que não havia feito nada. Ele só existia. Ele só estava tomando sol. Do nada, a vida daquele bicho fora interrompida.

Anos depois — bem depois —, ele me contou que o jacaré era de plástico, que ele havia colocado ali para que pudéssemos ver a sua cena de luta com um animal feroz, pois queria nos impressionar. Ele imaginava que aquilo o tornaria um herói.

Foi, talvez, o jeito mais babaca que conheci para alguém cultivar lembranças na mente de duas crianças. Mas esse era o jeito dele. A estupidez nunca o abandonou.

CAPÍTULO II

UM REI E SUAS RAINHAS

Meu pai se casou três vezes. Logo que comecei a me entender como pessoa, a entender tudo o que ele havia feito, passei a compará-lo a um rei que havia construído um reinado pérfido, sórdido, sofrível, onde as rainhas e os súditos viviam na dor, à base de remédios controlados. Então, logo cedo, apelidei suas ex-mulheres de Rainha Primeira, Rainha Segunda e Rainha Terceira.

Seus reinados duravam, no máximo, cinco anos. Ele dizia que esse era o tempo que suportava ficar ao lado de uma mesma mulher. "Depois disso", ele comentava, "as mulheres viravam irmãs". Era como o incesto, então achava que depois disso, não havia mais como transar com elas. A vida das mulheres virava um inferno, porque o tesão acabava e, junto dele, terminavam também o amor, o respeito, a consideração, o carinho. Tudo.

Em vez de esperar o casamento se estabilizar para ter filhos, ele os fazia pelo impulso, já que, no fundo, acreditava que aquele amor seria para sempre, como em um conto de fadas de um reino maravilhoso.

Por achar que ele era um rei, logo cedo apelidei minha irmã, filha de Rainha Primeira, como Princesa Cantora, e a mim, filho de Rainha Segunda, como Príncipe Abençoado, ou, simplesmente, Abençoado. Porém, igual a Sidarta Gautama, vivíamos em um mundo de ilusão, onde todo castelo deveria ruir o mais rápido possível. Apesar de todo o conforto que ele nos dava, de uma vida rodeada de servos e de dinheiro, de falsas riquezas e de poder, precisávamos fugir o quanto antes.

Minha diferença de idade para Princesa Cantora era de 10 anos.

Aos dezoito, ela conseguiu sua liberdade e foi em busca do nirvana, do caminho do meio.

Aos 15, consegui minha carta de alforria.

CAPÍTULO III

CELEBRANTE XAMÃ

Princesa Cantora me contou que meu pai se casou com Rainha Primeira em um ritual de Ayahuasca, no Amazonas. Depois de terem tomado duas doses do chá, um celebrante Xamã falou algumas palavras esquisitas. No fim, ele os uniu, abençoados pelos espíritos da floresta. Antes da união, porém, meu pai vomitou até as tripas, e a mulher dele chorou copiosamente lembrando a infância sofrida.

Por um lado, foi bom, porque, ao vomitar, ele me disse que sua consciência se expandiu e, finalmente, ele percebeu o que queria ser na vida: escritor. Mas, isso, depois eu conto.

O que quero descrever agora é que antes de eles se casarem, nasceu Princesa Cantora. Assim que Rainha Primeira entrou em estado de parto, ele a deixou no hospital e foi jogar peteca. Quando voltou, a enfermeira colocou em seus braços um bebê tão lindo que ele até desconfiou que não fosse dele. É que ela havia puxado os traços da mãe. Então, ele falou pela primeira vez: "Deus existe!"

CAPÍTULO IV

CELEBRANTE JUIZ DE PAZ

O segundo casamento do meu pai foi com minha mãe, Rainha Segunda. Dessa vez ele estava lúcido e tinha uma farmácia. Faltando trinta minutos para o casamento, saiu da empresa e foi andando até o cartório.

Vestiu seu pior terno, entrou suado e fedido, sentou-se de frente para o celebrante Juiz de Paz, pensou em dizer "não" várias vezes, mas, no fim, disse "sim". Deu-lhe um beijo chocho, levantou-se, cumprimentou Avó Oradeira, Avô Pastor, saiu do cartório e voltou à farmácia para fechar o caixa.

Depois, se encontraram em uma churrascaria. Ele comeu carne dura, bebeu cerveja quente, ouviu músicas péssimas. Quando chegou a conta, ele viu o valor e pensou: *"Tô fodido!"*. No entanto, antes de pagar aquele valor absurdo, Tio Preferido, que havia sido seu padrinho, tomou a comanda de sua mão e o salvou daquele martírio. Meu pai entrou no carro, chegou na casa alugada onde morava, tirou a roupa e selou a união.

Antes de dormir, pensou sobre o que havia feito. Ele, um agnóstico, havia entrado em uma família evangélica. Era um péssimo sinal! Ele sabia disso. Mas a paixão encobre defeitos, desvirtua caminhos, entorta linhas retas. Como resistir àqueles olhos verdes?

Meu pai era definitivamente um marxista materialista. Não conseguia enxergar a alma de ninguém. Rostos áureos, de proporção 1,618 cm, que ele dizia serem os mais belos, o fascinavam de tal maneira que não importava se não havia afinidade. "Afinidades são construídas", dizia ele. Até o dia em que foi convidado para um culto. Ele percebeu, naquele instante, a merda que havia feito. Só que já era tarde. Eu já havia nascido.

Quando Avô Pastor pediu que eu fosse levado à igreja para ser apresentado aos fiéis, meu pai disse: "Só por cima do meu cadáver! Meu filho não será doutrinado em nenhuma religião! Quando for a hora, ensinarei a ele sobre todas. Se ele quiser se converter a alguma, será escolha dele". Depois disso, tudo degringolou.

Mas a verdade é que, anos depois, descobri o verdadeiro motivo de tudo ter degringolado: ele estava apaixonado por Viúva Negra de Íris Amarela.

CAPÍTULO V

CELEBRANTE PADRE EXCOMUNGADO

O terceiro casamento de meu pai foi com Rainha Terceira e ocorreu em um sítio que ele havia construído para ela. Ele havia escolhido como padrinhos, Tio Exemplo e Tia Inspiração, porque dizia que os dois eram as pessoas mais perfeitas que havia entre todos os humanos da Terra.

Eu tinha cinco anos. Meu pai me fez entrar com Enteada, filha de Rainha Terceira, em um tapete vermelho, colocado sobre um pasto de braquiária, com o sol se pondo de um lado, e a lua cheia saindo do outro. Como odeio essa lembrança! Eu usava um fraque e Enteada, um longo. Caminhamos de mãos dadas levando as alianças. Os convidados olhavam para nós, achando a cena mais perfeita do mundo. Era como se o destino tivesse colocado frente a frente duas pessoas com passado duvidoso, para viver, finalmente, todo amor que tinham dentro dos corações apodrecidos.

Foi uma cerimônia chula e vulgar, em um ambiente provinciano que eu detestava. O celebrante, um padre excomungado, passou a palavra a meu pai que, diante de cem pessoas, disse, com toda a certeza do mundo, finalmente ter encontrado a mulher da vida. Disse ainda que queria viver ao lado dela para todo o sempre, e que, bem velhinho, queria olhar para trás e afirmar que a culpa de os dois casamentos anteriores não terem dado certo era de Rainha Primeira e de Rainha Segunda. Obviamente, quem conhecia aquele rei e seu falso reinado não acreditou em uma palavra dita por aquele impostor. Todos, todos sabiam quanto duraria aquela união.

Mas isso não era importante. O que importava, naquele momento, era que os Coutinho, os Garcia e os Carvalho amavam uma festa de roça, com porquinhos e galinhas dançando junto aos convivas, tomando pinga, comendo torresmo, dançando forró e cantando a porra da música brega sertaneja.

No dia seguinte, ele foi encontrado dormindo no chiqueiro com Rainha Terceira. Então, ganharam o apelido de Casal Porco.

CAPÍTULO VI

ESCRITOR

Quando a consciência de meu pai se expandiu, percebeu o que queria ser: escritor. Em cinco anos, escreveu cinco livros. Mas, como tudo na vida dele durava apenas cinco anos, fechou seu *laptop* e dizia que nunca mais queria abri-lo. Até o dia em que, ao ver uma mulher, ele faiscou. Foi assim que escreveu seu sexto e último livro.

Tinha poucos leitores — três, para ser mais preciso —, porque em sua estupidez e preguiça, a leitura que fazia do mundo não agradava os leitores. Ele era realmente preguiçoso, por isso não trabalhava para superar a escassez de talento. Sendo assim, seus livros ficaram guardados em arquivos de um computador empoeirado. Alguns até interessantes, mas todos mal escritos, sem técnica e sem embasamento teórico.

Uma de seus leitores era Princesa Cantora. Mas ela os lia somente porque haviam sido escritos por ele. Isso bastava! Para ela, não importava o fato de os livros serem ruins. Os outros dois leitores, eu contarei quem foram, ao decorrer destas lembranças.

CAPÍTULO VII

UM EMPREENDEDOR

Outra coisa que meu pai fez na vida foi empreender. Apesar de ter ideias maravilhosas, de ser visionário e criativo, ele tinha um problema: encerrava as empresas aos cinco anos, dizendo que estava cansado daquilo.

Ele só sabia iniciar um negócio. Como dizia Tio Comédia ⊠ porque de todos, era o que mais nos fazia rir: "Tinha iniciativa, mas não tinha acabativa". Por conta disso, abriu dezenas de empresas e fechou outras centenas. Uma hipérbole. De qualquer forma, a maneira louca como tocava as empreitadas trouxe-nos conforto e dinheiro.

Um dos empreendimentos do meu pai foi em Cordisburgo: ele abriu uma empresa de quadriciclo para turistas andarem pelas estradas de terra da região, juntamente com Tio Maconha — que era apaixonado por uma mulher chamada Canabis. Mas, em pouco tempo, descobriram que as pessoas caíam daquilo e se machucavam. Então, antes de matarem alguém, eles fecharam o negócio, pegaram suas partes e meu pai deixou dois quadriciclos no sítio, para a nossa diversão.

CAPÍTULO VIII

DONJUANISMO

Meu pai tinha dois distúrbios: o primeiro era o *"donjuanismo"*. Porém, ele mesmo não sabia disso. Ele seduzia compulsivamente, envolvia-se em relacionamentos amorosos, com uma certa facilidade. Aqueles relacionamentos não duravam muito, ainda que a paixão o fizesse pensar o contrário.

Ele tinha fraqueza com mulheres matematicamente lindas. Havia uma fórmula para calcular isso. A mesma usada por Da Vinci para criar suas obras *Homem de Vitrúvio* e *Monalisa*. Ele sabia de cor: mede-se o comprimento e a largura do rosto. Depois, divide-se o comprimento pela largura. O rosto perfeito tem aproximadamente 1,618 cm. Fora que a distância entre o queixo e a base do nariz deve ser igual à distância entre a base do nariz e a parte inferior da testa. O mais incrível era que ele conseguia calcular isso mentalmente com bastante precisão. Bastava ver uma mulher e ele já sabia se ela tinha beleza áurea ou não.

Uma vez ele tentou me explicar por que isso acontecia. E colocou Kant, filósofo Alemão, no meio dessa questão. Ele dizia: "Kant afirmava que em todo cavalo há a *equinidade* característica à raça. Em todo porco, há a *suinidade* pertencente aos porcos, assim por diante. O que Kant não percebeu é que dentro da *equinidade* dos cavalos, há cavalos pangarés e cavalos mangalargas. Logo, se você coloca um pangaré e um cavalo mangalarga lado a lado, sendo apreciados por um grupo de cem pessoas, todos, por unanimidade, vão achar o mangalarga mais bonito, pois a beleza não está no objeto em si, mas na nossa capacidade de reconhecer a proporcionalidade. No cérebro de cada um, existe a proporcionalidade. Por gosto, você pode até achar que o pangaré é bonito e simpático. Contudo, não há como discordar da beleza do cavalo mangalarga. Só que minha noção de proporcionalidade é mais exacerbada. Por isso, as mulheres que têm beleza matemática me fascinam tanto!".

Eu achava que era uma explicação ridícula, porém plausível e até aceitável. Para completar, ele me vinha com essa: "Jamais se case com uma mulher linda. Porque, como tudo na vida, nos acostumamos com a beleza. Quando você passa a dormir e a acordar ao lado de uma bela mulher, você começa a achá-la comum. Mas vá lá perguntar para o seu vizinho se ele a acha comum. Ele nunca se acostuma. Esse é o perigo!".

CAPÍTULO IX

A TRAGÉDIA

Havia cinco anos que o Casal Porco estava junto. Todos, todos que conheciam meu pai, sabiam que, a qualquer instante, a qualquer momento, ele repetiria a fórmula. Era uma questão de pouco tempo para ele anunciar a separação. Então, aconteceu a tragédia.

Perto do sítio existia o bar de Pretinho, um amigo da família que nos ajudava com a limpeza da casa. Nos fins de semana, Pretinho ganhava uma renda extra vendendo cerveja e tira-gosto. O bar ficava a um quilômetro do sítio. Ao fundo, passava um rio de águas cristalinas e geladas.

Era um sábado de verão, um calor infernal! Fomos eu, Enteada, Princesa Cantora, meu pai e Rainha Terceira a esse bar. Pegamos os dois quadriciclos e, enquanto o porco macho pilotava um, minha irmã pilotava o outro. Eu e Princesa Cantora tomávamos refrigerante, e eles, cerveja. Depois de um tempo, pedi para ir embora. Assim, deixamos o Casal Porco no bar.

Eles continuaram a beber de forma ensandecida. Parecia que o mundo acabaria naquele dia. Meu pai me contou, anos mais tarde, que, quando acharam que era hora de voltar para cuidar da prole, em vez de fazer o percurso normal, atalharam para uma cachoeira. Eles queriam transar ao ar livre como Adão e Eva. Quando terminaram o ato libertino, meu pai subiu no quadriciclo com Rainha Terceira na garupa, pegou uma estrada de terra secundária e partiu em direção ao sítio. Só que nunca chegaram.

Por estar bêbado, ao passar em um mata-burro, ele errou a direção, e a roda da frente do veículo bateu em um buraco que ficava entre dois concretos. Isso aconteceu a uns quinhentos metros do sítio. Os porcos voaram uns cinco metros de distância. Quando caíram, Rainha Terceira quebrou o pescoço e morreu na hora. Meu pai bateu a cabeça, abriu um rombo no supercílio, desmaiou e só acordou em um hospital em Sete Lagoas duas horas depois.

Com isso, minha rotina havia se acabado mais uma vez. Ele passou a vida se lamentando e dizendo que aquela era a mulher da sua vida. No fundo, a gente sabia que, se não fosse o acidente, se a morte não tivesse levado a porca, ele provavelmente arranjaria um jeito de matá-la dentro de si.

CAPÍTULO X

O COMEÇO

Tudo começou em um lugarejo perto de Cordisburgo, em Minas Gerais. As brincadeiras de infância, de casinha de bonecas e bonecos, de carrinhos e de berços. Os passeios com Bainho, de carroça. As galinhas e seus ovos de chocolate, os coelhos e suas cenouras, as cabras, ovelhas e lãs. Nas noites frias e nubladas de inverno cheias de medos de histórias de terror; nos verões onde havia um sol para cada, onde a piscina limpa e profunda refrescava o calor e despertava sentimentos. Da Paloma, nossa vaca leiteira, com seus filhotes. Do meu cavalo, Joia

Rara. Ao lado, ela, sempre ela, Enteada: a me irritar, morder, bater, apanhar, como duas crianças que éramos.

CAPÍTULO XI

O PRIMEIRO BEIJO

Aos quatro anos de idade, no sítio construído para Rainha Terceira, meu pai me colocou no Joia Rara, um cavalo mangalarga bravo e lindo. Ele ia no Bainho, um pangaré manso e feio. A gente andava pelo pasto. Não me lembro bem o que aconteceu. Acho que meu cavalo viu uma cobra e empinou. Então, eu caí e machuquei o braço.

Meu pai me acudiu, me levou para a casa, me deu remédios, me fez curativo e me colocou para assistir a um desenho. Depois, ele foi dormir com sua terceira amada.

Enteada veio até mim, acariciou meus cabelos, perguntou sobre a dor, sobre o tombo e sobre o machucado. Eu tirei o curativo e ela tocou meu braço ferido. Em seguida, deu um beijo nele, dizendo que ia sarar. Nesse momento, eu a abracei e dormimos na sala feito anjos.

CAPÍTULO XII

BRIGAS

Das inúmeras brigas que presenciamos entre os porcos, uma marcou a mim e a Enteada de uma forma mais intensa. Eles acordavam cedo, iam ao galinheiro buscar ovos, entravam na cozinha. Colocavam os ovos na água fervente, para, depois, comerem a iguaria. Era muito comum acordarmos e encontrá-los com a mesa de café pronta.

Um dia, porém, nós acordamos e não arriscamos sair das camas. O

Casal Porco estava aos gritos. O assunto era minha mãe. A porca fêmea achava que minha mãe ainda amava meu pai e que não era amada pelo porco macho da mesma forma como ele havia amado minha mãe. Mal sabia ela que ele não a amava, assim como não amava ninguém.

Se havia algo que meu pai detestava eram discussões de relacionamento. Ele não sabia lidar com isso. Sendo assim, no auge da gritaria, ele levantou a mesa de vidro da cozinha e a espatifou no chão. Depois, pegou o carro e foi para a cidade. Voltou na hora do almoço pedindo desculpas pelo descompasso. Ela aceitou. Eles achavam que eu e Enteada estávamos dormindo. Mas nós havíamos ouvido tudo e nos abraçado com medo.

CAPÍTULO XIII

O ÚLTIMO BEIJO

Com dez anos, presenciei a cena mais triste da minha vida. Estava ao lado de Enteada, em um salão simples do cemitério de Cordisburgo, onde acontecia o velório de Rainha Terceira. Lembro-me que no muro do cemitério havia uma frase de Guimarães Rosa: "As pessoas não morrem, ficam encantadas". Era muito novo ainda para entender o que isso queria dizer.

Os adultos iam entrando. Havia gente de toda classe: trabalhadores, empresários, políticos, entre outros. Eles formavam filas para vê-la. Meu pai ainda estava se recuperando do acidente, por isso, não apareceu. Muitos dos Coutinho, Garcia e Carvalho estavam lá e isso me dava segurança para estar presente também.

Eu estava ali, mais por Enteada do que por mim. Ficamos lado a lado por mais de duas horas. Eu chorava por ela estar chorando, pegava a sua mão e segurava com muita força, acreditando que minha força poderia arrancar de seu peito aquela dor.

Então, chegou o momento mais difícil: a hora de fechar o caixão. Avó Médica — que era médica também por influência de Guimarães

Rosa — tirou-a de perto de mim, pegou-a no colo e se aproximou da cena final. Ao longe, eu via aqueles olhinhos de jabuticaba mergulhados em um mar de lágrimas. Aquilo me tocou tanto que coloquei as mãos no rosto e me afundei em dor.

Havia chegado a hora do cortejo. O silêncio era cortado por músicas sacras. Caminhava sozinho quando ela se aproximou, pegou a minha mão e ficou ao meu lado até que o caixão baixasse ao túmulo.

Sim. Éramos como irmãos. Irmãos que, por cinco anos, brigaram, riram, nadaram na cachoeira, comeram milho, plantaram feijão, criaram pintinhos, cachorrinhos e gatinhos. Correram atrás dos gansos, tiveram medo de cobra, de bicho-papão, de mula sem cabeça, de tudo, de tudo o que a infância rica nos proporcionou.

Provavelmente aquele dia seria o último em que a veria, porque tinha certeza de que um ciclo estava se fechando. Cinco anos havia se passado em nossas vidas. Por mais que não amasse Rainha Terceira, por mais que a considerasse uma ladra de meu pai, eu não a odiava, e ela não merecia aquele fim trágico. Enteada também não merecia perder a pessoa mais importante da vida.

Era hora de partir para o desconhecido e mal sabia o que a vida me reservava. Tinha medo de pensar quem seria a Rainha Quarta. Reuni minhas forças e abracei Enteada pela última vez. Quando me virei para olhar em seus olhos, nossas bocas se tocaram de leve, meio sem querer. E pensei que nunca mais a veria na vida.

CAPÍTULO XIV

PREÂMBULO

Caro leitor, antes de continuar, permita-me algumas considerações que considero importantes para o entendimento da história. Nada do que está escrito nestas lembranças é para "encher linguiça", como se diz no jargão. Tudo o que vou contar serve para mostrar a você um personagem perturbado pelo tempo e pela vida. Há muito mais a dizer. Porém, escolhi a dedo as coisas que realmente importam.

CAPÍTULO XV

A PROMESSA

O outro distúrbio de meu pai era predisposição ao Alzheimer. Ele afirmava que isso vinha da família de Avó Paterna, a mãe dele. Ele dizia que havia cinquenta por cento de chance de ele ter o mesmo distúrbio e isso o incomodava bastante. Uma vez, ele me levou junto com Princesa Cantora para visitá-la. Ela morava em uma clínica, no bairro Bandeirantes, em Belo Horizonte, havia quinze anos. Pesava uns trinta quilos e passava a vida em uma cama.

Meu pai, então, disse: "Há três estágio no Alzheimer: o primeiro é engraçado. A pessoa esquece que contou algo a alguém e repete uma história infinitas vezes, até que a pessoa não tenha mais paciência para ouvir. O segundo é um pouco mais complicado e perigoso. Podem acender um fogão e esquecer de desligá-lo. Porém, ainda reconhecem as pessoas mais próximas. Por vezes, erram os nomes dos filhos. Mas ainda há contato e comunicação. Finalmente, o terceiro estágio é esse em que sua avó está. Acaba. Tudo acaba. A mente apaga completamente. Então eles se tornam mortos-vivos e vegetam até que a mente se esqueça de como se respira".

"Por que estou explicando isso?" — ele continuou. — "Vida é consciência. Alma é consciência. Você pode perder todos os membros do corpo, mas, se você tiver a mente lúcida, você sabe que você existe. Por isso, eu quero pedir uma coisa: se um dia eu tiver Alzheimer, por favor, me coloquem nesta clínica. Se, por acaso, eu não morrer antes do terceiro estágio, peço encarecidamente que não me deixem vegetando. Quero que me levem para a Suíça, para realizarmos a morte assistida. Dinheiro não é problema. O que vou deixar para vocês cobre as despesas. Juridicamente, Tio Doutor, que é advogado, deixará tudo pronto para os médicos suíços realizarem a eutanásia. Só peço que me levem. Apenas isso. Basta me levarem lá e darem cabo a tudo. Vocês precisam me prometer que farão isso."

E prometemos.

CAPÍTULO XVI

FARMACÊUTICA

Quando fiquei mais velho, tive curiosidade de saber como meu pai conheceu as mulheres que passaram pela sua vida. Tia Preferida me contou a história da Terceira.

Antes de abandonar minha mãe, ele abriu uma farmácia. Faltava apenas o farmacêutico. Ele, então, se lembrou de Tio Amizade — porque era amigo de todo mundo —, que havia dado um estágio para uma farmacêutica recém-formada. Quando meu pai foi visitá-lo, acabou a conhecendo. Como ela era linda, e ele muito fraco, pensou em unir o útil ao agradável. Deu certo. Bastou uma ligação e, uma semana depois, ela começou a trabalhar com ele.

Assim, quando ele se separou de Rainha Segunda, ele e Rainha Terceira acabaram se casando.

CAPÍTULO XVII

BANCÁRIA

Com minha mãe foi assim: meu pai tinha um sítio em Igarapé, perto de Belo Horizonte. Tio Preferido namorava Tia Última. Ela tinha esse nome porque foi a última mulher das mil trezentas e sessenta e quatro mulheres que Tio Preferido teve. Um dia ele visitou meu pai e levou minha mãe para conhecê-lo. Ela tinha dezessete anos; ele, trinta e cinco.

Ela namorava na época. Mas, de tanto ser cortejada, aceitou visitá-lo novamente. Três anos depois, casaram-se. Um ano depois, eu nasci. Um dia depois, ela começou a trabalhar no banco. Após um ano, separaram-se.

A primeira lembrança que tenho da minha mãe foi quando a vi entrando em casa trazendo um carrinho de plástico. Eu tinha três anos. Abri aquele presente e, como não havia gostado, joguei-o longe. Depois, olhei para aqueles olhos verdes e os vi chorando. Aquela cena nunca saiu da minha cabeça. Por que eu havia feito minha mãe chorar? Anos depois, ela me contou que aquele choro era por outra coisa: meu pai havia saído de casa e nos abandonado à mercê da própria sorte. Contudo, o que sei é que naquele dia, eu me apaixonei perdidamente por ela.

Com oito meses, quando ainda não dizia nada, eu disse a minha primeira palavra: era o nome dela, um correlato de rainha. Saiu meio inaudível, mas saiu. Ela ouviu, entendeu e gritou de alegria. Naquele instante, ela soube que eu seria dela até o último dia da minha vida e que não me importaria com os tapas que estavam por vir.

Enquanto eu crescia, ela ficava mais linda. Eu ficava me perguntado: como alguém em sã consciência pode abandonar uma mulher maravilhosa dessa? Então, lembrei: meu pai não era são.

CAPÍTULO XVIII

PROFESSORA

Princesa Cantora me contou que Rainha Primeira e meu pai se conheceram há trezentos anos. Eram primos, e este é o tempo máximo que o autor da biografia da família conseguiu pesquisar sobre nossa árvore genealógica. Portanto, mais cedo ou mais tarde, acabariam se encontrando, como de fato aconteceu.

Eles namoraram na juventude, mas Rainha Primeira o abandonou. Depois, quando estava casada e já tinha dois filhos, eles se reencontraram. Meu pai a roubou do marido e, finalmente, viveram tudo o que tinham de viver.

Por cinco anos foram felizes, até que o distúrbio falou mais alto. Ela fez concurso em uma cidade do interior e virou professora.

Pronto. Eu precisava contar tudo isso. Mais tarde, caro leitor, você entenderá o porquê.

CAPÍTULO XIX

CAPITÃO FANTÁSTICO

Trinta dias depois do acidente, meu pai saiu do hospital, viajou para Cordisburgo, visitou o túmulo de Rainha Terceira, pediu desculpas à Avó Médica, à família dela e aos amigos. Abraçou Enteada pela última vez e enterrou aquela cidade nas caixas da consciência.

Em seguida, ele procurou Princesa Cantora, buscou-me na casa de minha mãe e partimos para um condomínio de lotes, vizinho a Belo Horizonte. No caminho, ele nos fez lembrar de um filme que havíamos assistidos juntos: *Capitão Fantástico*. O filme contava a história de um pai que havia criado seis filhos sozinho desde que a mãe havia ficado doente. O mais interessante é que Capitão Fantástico os criou longe da civilização, ensinando-os valores pouco comuns para as pessoas da cidade. Ele adorava essa história e dizia que um dia ia fazer igual ao protagonista.

Entramos em um condomínio e paramos na Quadra 1, lote 16. Meu pai desligou o carro e nos mostrou 380 metros quadrados de terra vermelha. Em dois minutos, percorremos o terreno. Então, ele disse:

"Chega! A partir de hoje, eu serei o Capitão Fantástico de meus filhos. Aqui construiremos nossa casa e não haverá mais mulheres em nosso convívio. Seremos uma família: eu e vocês. Uma estranha família, claro. Aqui faremos nossas artes, nossas músicas, nossos estudos. Eu educarei vocês do jeito que acredito ser certo e, o mais importante, não faltará amor".

Era uma promessa. Ainda que não acreditássemos em nada do que ele dizia, demos um voto de confiança. Eu e Princesa Cantora rimos muito dessa cena. Logo pensei: "Ele é louco. Deixe estar. Se ele quer assim, assim será". A partir daquele dia, passamos a chamá-lo de Capitão Fantástico.

Dois anos depois, a casa estava pronta. Eu tinha meu quarto. Finalmente, eu tinha meu quarto! Princesa Cantora tinha um castelo para chamar de seu, com palco na boate, para levar os amigos e cantar para eles.

CAPÍTULO XX

MONTES CLAROS

Há um ditado que diz: "Quando a esmola é demais, até o santo desconfia". Quando as coisas pareciam se assentar, quando a rotina começava a fazer parte novamente de minha vida, quando meu quarto começava a virar meu mundo, um vendaval passou em minha vida e transformou tudo.

Rainha Segunda arrumou um namorado, gerente do banco em que trabalhava. Com um mês, ele passou a morar em nosso minúsculo apartamento. Com dois meses, nos mudamos para Montes Claros. Com nove meses, casaram-se. Eu, um cosmopolita, um apaixonado por metrópoles, que se pudesse, moraria em São Paulo, Londres, Paris, no Rio de Janeiro, tive que me mudar para um lugar provinciano de calor infernal.

Três anos havia se passado. Por incrível que pareça, meu pai, Capitão Fantástico, pela primeira vez na vida, estava cumprindo uma promessa e mantinha-se firme em seu propósito. Nossos fins de semana eram alegres, festivos. Os Coutinho, Garcia e Carvalho nos visitavam. Eu começava a conhecer meus primos de primeiro, segundo, terceiro e sei lá quantos graus a mais. Eu começava a entender as pessoas daquela louca família, que, mesmo com graus de parentesco tão distantes, amavam-se como irmãos. Tudo começava a fazer sentido em minha vida. Eu tinha treze anos e já olhava com paixão para as primas. Mas, o principal de tudo era: eu tinha um quarto só meu. Ele era equipado com o *PC Gamer* mais potente que existia na época. Meu pai havia vendido um carro para comprá-lo e para me comprar. E eu adorei me vender. Para quê? Para, no fim, ter de abandonar tudo isso, entrar em uma casa que eu não reconhecia, viver em uma cidade que não me pertencia, somente porque minha mãe se apaixonou com três meses de namoro.

O pior de tudo era que nem sequer pude me despedir de meu pai. Minha mãe lhe mandou apenas uma carta, dessas antigas mesmo, escrita à mão, dando o endereço de nossa residência, em Montes Claros. Na carta, ela o advertia de que, se ele quisesse me ver, teria que viajar para lá de quinze em quinze dias.

Ainda era cedo para afirmar que Rainha Terceira também tinha *Donjuanismo*. Mas algo dentro de mim começava a desconfiar de que eu era um espermatozoide louco fecundado em um óvulo maluco.

CAPÍTULO XXI

CEM ANOS DE SOLIDÃO

Em 1965, Gabriel García Márquez sentou-se em uma cadeira e, dois anos depois, *Cem Anos de Solidão* estava pronto. Apesar de não ser o seu preferido, meu pai amava esse livro, porque ele dizia que a história do clássico era a história de nossa família.

No livro do colombiano, uma matriarca precisa se manter lúcida, mesmo que a contragosto, para cuidar da loucura de infinitas gerações. Meu pai dizia que a matriarca do livro representava as matriarcas de nossa família. Um bando de homens Garcia, Carvalho e Coutinho, enlouquecidos pela inteligência e pela frustração, pela arte e pela burrice, pela ganância e pela pobreza, vagavam no mundo há anos e a família só continuava a existir, porque as mulheres não se permitiam enlouquecer também.

Então, minha irmã nasceu. Era uma Garcia. Na hora de registrá-la, meu pai corrompeu a mulher do cartório dizendo que Márquez era uma família constante na nossa árvore genealógica. Ele batizou minha irmã como Gabriela Garcia Márquez — assim mesmo, com acento e com "z" no final —, só para homenagear o escritor do seu segundo livro favorito.

CAPÍTULO XXII

DOM CASMURRO

Em 1899, o bruxo Machado de Assis lançou *Dom Casmurro*. Quando perguntavam a meu pai se Capitu havia traído Bento com Escobar, ele apresentava outra teoria. Dizia que, na verdade, Bento traiu Capitu com Escobar. Ele corroborava sua teoria com o capítulo LVI da obra: "*Não sei o que era a minha. Eu não era ainda Casmurro, nem Dom Casmurro; o receio é que me tolhia a franqueza, mas como as portas não tinham chaves nem fechaduras, bastava empurrá-las, e Escobar empurrou-as e entrou. Cá o achei dentro, cá ficou, até que...*"

Meu pai dizia que por meio desse capítulo conseguia subentender a homossexualidade dos personagens. Dizia, ainda, que ambos, Bento e Escobar, eram seminaristas e que isso bastava para defender sua tese.

Um dia, quando minha mãe estava com oito meses de gravidez, perguntou a ele: "Afinal, qual será o nome do nosso filho?". Ele, então, do nada, deitado em sua cama de madrugada, disse: "Bento Escobar". E completou: "Para homenagear Machado de Assis". Minha mãe, em vez de dar um grito e falar "só por cima do meu cadáver", sorriu e disse: "Gostei".

Quando eu perguntava ao meu pai o motivo de ter me dado esse nome, ele respondia: "Em todo homem há o masculino e o feminino. Você não é diferente". Nunca entendi muito bem o que isso significava. Mas, também, nunca insisti muito na explicação. Fato é que, depois que li o resumo do livro, pensei: "Seria interessante achar minha Capitu".

CAPÍTULO XXIII

A FILHA DO DIRETOR DO CIRCO

Nem *Dom Casmurro*, nem *Cem anos de Solidão*. O livro de cabeceira do meu pai era *A Filha do Diretor do Circo*, de Baronesa Ferdinande Von Brackel, uma escritora alemã, nascida em 1835.

Esse livro lhe foi apresentado por Tia Escritora Garcia. Ele conta a história da filha de um diretor de um circo muito famoso na Europa, nos idos de 1860. A menina conheceu um menino, em sua infância. Porém, ambos eram de classes sociais distintas. Ele, um nobre; ela, uma plebeia.

Anos depois se encontraram e começaram a namorar. Mas a mãe do menino descobriu o namoro e o fez provar o amor que possuía por aquela menina, mandando-o para longe. Antes de partir, o amado fez a amada jurar que nunca se envolveria com o mundo do circo e que iria se guardar para ele até a sua volta. Só que o pai da menina adoeceu, e ela precisou trabalhar para sustentar a família, já que a mãe havia morrido. Os jornais noticiaram o acontecimento com entusiasmo, porque ela era linda e talentosa.

A baronesa e futura sogra da garota pegou os jornais onde o fato foi noticiado, colocou-os em um envelope e os enviou para o filho, pelo correio. Quando ele abriu aquele envelope, uma dor lancinante invadiu seu corpo, porque ele sabia que a amada havia traído a promessa. Ao voltar, ele a encontrou em um meio despojado e sujo. Assim, eles nunca mais se viram na vida. Ele se casou com uma nobre, e ela virou freira.

Meu pai amava essa história. Só mais tarde entendi o motivo. Se conto sobre os três livros preferidos de meu pai, é porque eles terão uma importância enorme no desfecho de minhas memórias. Aguarde!

CAPÍTULO XXIV

A PRIMEIRA GARGALHADA

O norte de Minas é conhecido por duas coisas: ter uma das maiores temperaturas do Brasil, além de uma das piores distribuições de renda do país. Sendo assim, me mudei para o inferno pobre.

Cheguei a Montes Claros no calor do verão. Fazia quarenta graus. Tudo era muito novo e louco. Uma semana antes, eu estava em Belo Horizonte e, de repente, encontrava-me no norte de Minas.

Ao chegar na cidade, estava apertado para urinar. O namorado de minha mãe parou o carro, desci e me aliviei. Antes de fechar a calça, olhei para minha mãe, que estava no banco do carona, e perguntei: "Como é o nome desta cidade mesmo?". Ela respondeu: "Montes Claros". Então, eu disse: "Porque os montes são claros?". E dei uma gostosa gargalhada, como se aquele trocadilho fosse a melhor coisa que eu pudesse ter inventado na vida. Nos acomodamos na casa da sogra de Rainha Segunda, até que o namorado dela tivesse tempo para alugar uma casa.

Quinze dias depois, nos acomodamos em uma casa modesta, porém aconchegante. Meu quarto era pequeno e abafado, embora o ar-condicionado trouxesse um pouco de alivio e conforto. Mas esse conforto era pouco para a minha tristeza. Minha mãe percebia isso no meu olhar, na minha falta de motivação para sair, para ir ao pequeno shopping da cidade, para tomar um sorvete. Ela procurava me acalmar, conversava muito sobre aquela decisão repentina, tentava mostrar que a vida naquele lugar seria boa, apesar da distância de Belo Horizonte, a distância de meu pai, de meus tios, de meus avós, de minha vida.

Aos poucos, eu fui me acalmando, me situando, me conformando. Chegou a época da escola, ela me colocou em um colégio particular. Amizades foram surgindo e, em pouco tempo, consegui me habituar àquela nova vida.

CAPÍTULO XXV

INFERNO POBRE E ÓRFÃO

Ainda que estivesse começando a me adaptar, a falta do Capitão Fantástico começava a me incomodar. Havia três meses que eu morava em Montes Claros, e meu pai ainda não havia me visitado. Ele estava em completo pé de guerra com Rainha Segunda.

Certo dia, eu a ouvi ao telefone dizendo que ele devia respeitar as escolhas que ela havia feito na vida e que, em certa parte, ele era o principal culpado por aquela decisão radical. Ela dizia que tinha o direito de ser feliz e que, para ela, a felicidade era morar em um lugar aquecido, quente, infernal. Para se vingar, meu pai falava que não ia me visitar, porque, na cabeça dele, eu ia cobrar tanto a sua ausência que chegaria um momento que essa cobrança iria dissuadi-la da loucura que havia feito. Mas, como ambos — minha mãe e o namorado dela — foram transferidos do banco onde trabalhavam, de Belo Horizonte para Montes Claros, eu sabia que a volta não seria fácil.

Com o tempo, bateu a saudade na bela mulher de olhos verdes. Por isso, ela foi visitar meus avós e me levou junto. Chegando a Belo Horizonte, o namorado dela me levou ao castelo do Capitão Fantástico. Eu desci do carro, o abracei, desci as escadas laterais da casa e lá debaixo ouvi tudo. Meu pai perguntou ao meu futuro padrasto de quem havia sido a imbecil ideia de me tirar de perto dele. Antes que ele pudesse responder, meu pai o xingou de tudo quanto era nome, ameaçando que, se eu não retornasse dentro de um mês, ele ia matar aquele desgraçado.

Pronto. Acabava-se ali qualquer chance de mantermos um bom relacionamento e podermos resolver tranquilamente a situação. Como vingança por tal ato, apesar de minha mãe querer retornar bem antes, ela me manteve no inferno pobre por dois anos. E órfão.

CAPÍTULO XXVI

O PAI ALCOÓLATRA

Havia uma história na internet que meu pai contava para mim e para Princesa Cantora. O pequeno texto era sobre um pai alcoólatra que tinha dois filhos gêmeos. Quando cresceram, um se tornou alcoólatra, e o outro continuou abstêmio. Ao perguntarem para os dois o motivo de terem tomado caminhos diferentes, ambos respondiam: "Porque meu pai bebia". Não posso negar que esse conhecimento tenha me servido.

Apesar de ser uma história de senso comum, eu gostava daquela metáfora, pois, de certa forma, ela trazia o sentido de responsabilidade para nós, e não para o outro. Mesmo sendo o outro tão importante em nossas vidas.

CAPÍTULO XXVII

AVÔ PATERNO

Acho que o motivo de meu pai gostar da história dos gêmeos era porque ele a usava para se justificar perante os outros. O fato é que, quando meu pai tinha 8 anos de idade, quando o mundo era analógico e as tradições preservadas, Avô Paterno se separou de Avó Paterna. Para a nossa imensa família, aquele gesto foi impactante, porque simplesmente não existia essa possibilidade naquela época.

Avô Paterno começou a se relacionar com uma jovem, vizinha deles, no bairro onde moravam em Brasília. Meses depois, a engravidou. Meu avô se casou com a jovem e linda mulher. Eles tiveram Tia Filósofa, Tio Trismegisto, que estudava Eubiose, e Tia Poliglota, que sabia várias línguas. Por outro lado, Avó Paterna, meu pai, Tia Preferida e Tio intelectual — que, inclusive, também era escritor — mudaram-se para um bairro distante daquele em que moravam.

Meu pai me contou como se lembrava do dia em que soube da separação. Estavam os três filhos em um carro: Tia Preferida, Tio intelectual e ele. Avó Paterna havia os buscado na escola. Ela estacionou em uma quadra qualquer e, secamente, anunciou que Avô Paterno não moraria mais com eles, porque haviam se separado. Naquele momento, meu pai estava sentado no banco de trás, olhando para o infinito através do vidro. Não disse uma palavra. Apenas chorou silenciosamente. Pensou em meu avô: ele havia abandonado uma família linda. A partir daquele dia, meu pai disse que nunca lhe perdoaria.

Começava, então, uma vida de inferno. Avó Paterna tinha trinta e cinco anos. Era jovem, obviamente. Ao longo da vida, namorou todo tipo de homens ruins que poderiam existir na Terra, até que, aos treze anos, meu pai foi resgatado por meu avô. Depois, as coisas começaram a se tornar mais claras. Ele era o filho gêmeo alcoólatra, ao passo que Tia Preferida e Tio Intelectual eram os filhos gêmeos abstêmios.

Assim, quando perguntavam ao meu pai o motivo de tanta separação, ele respondia: "Porque meu pai se separou". Quis o destino que eu fosse filho do alcoólatra, não dos abstêmios.

CAPÍTULO XXVIII

UMA FOTO

Havia uma coisa que eu amava no sítio de Cordisburgo: a casinha de criança que meu pai construiu. Era legal, porque tudo dentro dela era pequeno, como a pia da cozinha e os quartos. O vaso do banheiro era infantil e o chuveiro ficava um pouco acima de nossas cabeças. O telhado colonial era um pouco maior que nós. Aquilo nos passava uma sensação de que já éramos grandes.

As crianças entravam naquela casa, fechavam a porta. Lá nós fazíamos nosso mundo. Cozinhávamos de mentira, arrumávamos os quartos, servíamos a mesa com guloseimas, doces e comida de verdade. Havia um quarto para mim e outro para Enteada. Neles, tínhamos, cada qual, um cofre de porquinho para guardar as moedas que meu pai tirava de nossas orelhas ou de nossos narizes. Nunca soube como ele fazia aquilo. Ele mostrava a mão vazia, depois puxava nossa orelha, nosso nariz e, de repente — *zás!* —, moedas apareciam na mão dele. Ele dizia que elas estavam dentro de nós.

Lembro uma vez que Enteada estava chorando, brigando com Rainha Terceira, porque queria comprar paçoca no bar de Pretinho, mas não tinha dinheiro. Então meu pai puxou a orelha dela e, do nada, o dinheiro apareceu. No mesmo instante, ela começou a rir, e todos que estavam na cozinha da casa principal, presenciando a cena, riram juntos. Mágica por mágica, aos poucos, enchíamos nossos cofrinhos de porco de barro. Quando estavam cheios, nós os quebrávamos, íamos nas vendas de Cordisburgo e comprávamos todas as quinquilharias que nossas vontades desejavam.

Outra lembrança maravilhosa que tenho desta época era da árvore encantada. Meu pai dizia que no sítio havia uma árvore que despejava doces nas cabeças das crianças. Então ele ordenava que colocássemos as mãos no tronco do pé de manga ubá e fechássemos os olhos. Depois, pedia para que cantássemos bem alto: "Árvore encantada, árvore encantada". De repente, um monte de doces caía sobre nossas cabeças. Anos depois, descobri que eram os adultos que jogavam. Mas, em nossas inocências, acreditávamos mesmo que a árvore tinha nos contemplado com aquelas guloseimas.

Até hoje guardo uma foto na cabeceira da minha cama, no meu apartamento, aqui em Paris. Na fotografia, estamos eu e Enteada. Ninguém mais. Ao fundo, há uma bancada de pia de cozinha em vermelho e uma janela estilo ouropretana azul. Todas as casas que meu pai construía tinham que ser em estilo ouropretano. Ao lado, um vaso com hortênsia. A fotografia foi tirada na casinha de criança por Rainha Terceira, dias antes da tragédia.

Gosto de ficar olhando para essa foto sempre que a saudade do Brasil aperta. Ela me faz lembrar daquele tempo, além de não me deixar esquecer aquela menina de olhos jabuticaba, grandes e negros. Como eu queria ter vivido mais ali! Mas era impossível. Capitão Fantástico não permitiria.

CAPÍTULO XXIX

COUTINHO, GARCIA E CARVALHO

Sim. Havia outra coisa que me fascinava naquele sítio: as festas. Eu detestava a viagem para lá. Como já disse, sou cosmopolita. Adoro cidades grandes. Por isso, eu sempre ia chorando como um menino mimado. Porém, quando chegava, eu secava as lágrimas e me divertia, porque, na maioria das vezes, a família se reunia e toda confraternização era ótima.

Não era uma família comum. O autor de nossa biografia vasculhou as gavetas genealógicas e descobriu que, ao pisarem no Brasil, os Coutinho, Garcia e Carvalho se espalharam pelo país, e muitos deles se estabeleceram em Minas Gerais, especificamente em Iguatama, primeira cidade banhada pelo Rio São Francisco. Desde Januário Garcia, mais conhecido como Sete Orelhas, até Luiz Garcia, que morreu abraçado a um coqueiro depois de ser metralhado pelos inimigos, essa louca família cresceu e conseguiu, ao longo dos anos, se manter unida de uma forma como eu jamais conheci em outro lugar.

Meu pai gostava de falar que uma das características mais marcantes desse grupo era que eles sorriam em enterros e choravam nas festas. Os mortos eram velados aos risos, não por falta de respeito, mas sim para dizer que aqueles que ali jaziam foram importantes e deram a contribuição necessária para sermos o que éramos. Em contrapartida, nas festas, eles choravam por se lembrarem, principalmente, dos mortos. Um paradoxo que nunca compreendi.

Primos de terceiro, quarto, quinto grau, se amavam mais do que muitos irmãos que conheci. Era algo incrível! Eles se reuniam todos os fins de semana na casa de um e, quando atualizavam o assunto, quando a conversa esfriava, começavam a se lembrar das histórias dos antepassados, e aquilo nunca tinha fim. Do mesmo modo, no fim de semana seguinte, reuniam-se e repetiam tudo. E no seguinte, faziam de novo. E de novo. E de novo.

Para quem estava de fora, para quem não era da família, ou para quem estava entrando há pouco tempo, era algo incompreensível e blindado. Contudo, se o forasteiro tivesse paciência, aos poucos ia sendo introduzido naquele mar de lembranças e poderia vir a ser um agregado. Artistas, empresários, advogados, médicos, engenheiros, filósofos, jornalistas, juízes, desembargadores e doutores, tinha de tudo em nossa família. Havia também pessoas que optavam por não estudar e por viver de forma mais simples. Todos, todos conviviam sem qualquer tipo de discriminação.

Havia, ainda, as mulheres que eram um capítulo à parte. Em sua maioria, eram donas de casa. Cuidavam dos filhos, do lar, da família e, o mais incrível, cozinhavam majestosamente, como só as mineiras sabem fazer. No almoço, havia tutu, feijoada, macarrão na chapa, frango com quiabo, angu — que eu amava —, costelinha feita no forno, o eterno pão de queijo mineiro e, principalmente, meu prato preferido: feijão tropeiro. Éramos literalmente aprisionados pela barriga. Se tinha uma coisa que eu sentia falta, ao me estabelecer em Paris, era daqueles loucos apaixonados e incomuns.

Nas festas do sítio, eu brincava na cama elástica, andava na traseira da caminhonete com o vento batendo em meu rosto, mergulhava nas cachoeiras maravilhosas que havia ao redor do nosso lugarejo. Eu saía com Enteada procurando ninho de galinha, pegávamos os filhotes de cachorro vira-lata que nasciam a esmo, para ficarmos cuidando como se fossem bebês. Sem saber, eu estava participando da construção e da edificação de uma história nascida há trezentos anos, quando o Brasil ainda estava sendo expandido pelos bandeirantes.

CAPÍTULO XXX

A SEPARAÇÃO COM RAINHA SEGUNDA

Um dia meu pai chegou em casa, abriu a porta e disse à minha mãe que ia embora. Eles já haviam discutido pela manhã. Nada de grave. Quando me tornei adulto, minha mãe me contou que ele entrou em casa, mirou os olhos verdes dela e disse: "Quero me separar". Entrou no quarto, abriu o guarda-roupa e começou a colocar as roupas dentro da mala. Minha mãe enlouqueceu, correu pra casa da minha avó, me pegou no colo e me levou para casa. Eu tinha três anos.

Meu pai saiu do quarto com a mala de roupa, e ela, ainda incrédula, me pegou e me colocou nos braços dele. Ele me beijou, me devolveu para minha mãe, atravessou a porta de casa, fechou o portão, ligou o carro e partiu para não sei onde.

Eles tinham cinco anos de relacionamento.

CAPÍTULO XXXI

SEGUNDO CASAMENTO

Como odeio essa lembrança! Parte dois. Seis meses depois da mudança para Montes Claros, minha mãe resolveu se casar com seu namorado jovem. Organizou tudo, marcou a data e convidou a pequena família que tinha.

Com treze anos, eu entrava sozinho, pisando em outro tapete vermelho de um salão modesto, sendo observado por dezenas de pessoas que achavam lindo o amor ter colocado duas pessoas frente a frente, mesmo que uma delas tivesse um filho pré-adolescente. Como era linda a aceitação daquele menino pelo padrasto que há um ano nem o conhecia. Como a vida podia ser tão perfeita, a ponto de formar uma família linda, do nada, como se o destino colocasse dois seres para trabalhar em um banco qualquer e, de repente, eles se juntassem e descobrissem que foram feitos um para o outro.

Não há como duvidar: "Deus escreve certo por linhas tortas". Pelo menos era nisso que acreditava Avô Pastor. Era justamente isso que ele dizia ao casal que estava a sua frente, prontos para receber a benção cristã-evangélica, demonstrando que os caminhos de Deus não devem ser questionados, mas aceitos e vividos com sabedoria, paciência, remissão e adoração.

Na festa, depois da cerimônia, aconteceu uma cena que nunca mais me saiu da memória. Ambos, Padrasto e Rainha Segunda, dançaram ao ritmo de uma música brega. Ela demonstrava o vigor da juventude, como se quisesse deixar claro ao Capitão Fantástico o erro que havia cometido ao se casar com um velho que tinha 17 anos a mais que ela. Ela rodopiava, passava por baixo das pernas de Padrasto, era levantada para o alto, pulava no colo dele, e, por fim, espatifava-se no chão.

Eu assistia a tudo e me perguntava o que havia feito a Deus para merecer aquilo. Talvez em alguma vida passada tivesse sido um carrasco e matado milhares de cristãos. Deus, então, me enviou ao inferno pobre para pagar meus pecados. Assistir àquilo, já era o começo do pagamento da dívida.

Aquela cena ridícula foi gravada e postada nas redes sociais, ficando para a eternidade, a fim de provar que a estupidez é essencialmente humana e terrivelmente infinita.

CAPÍTULO XXXII

PROCESSO DE GUARDA

Um ano depois que me mudei para Montes Claros, Capitão Fantástico começou a acreditar que a situação era definitiva. Sendo assim, ele me visitou junto com Princesa Cantora. Me buscou em casa e fomos para Janaúba conhecer a filha de Tio Trismegisto. Ela morava com a mãe em uma casa aconchegante. Por mim, eu ficaria ali uma semana. Meu pai me contou a ideia que teve para me recuperar: processo de guarda. Ele havia entrado com o processo na comarca de Belo Horizonte. Mas, para seu plano dar certo, era de fundamental importância que eu depusesse, dizendo que queria morar com ele.

O fato era: Padrasto e Rainha Segunda haviam comprado uma casa em trocentas prestações e um carro bonito e moderno financiado. Isso me trouxe conforto e tranquilidade. Além disso, tinha meu quarto, não o quarto que meu pai havia feito para mim, mas era um quarto interessante. Eu entrava nele e esquecia de todo resto. Comecei, também, a me acostumar com Padrasto, porque era jovem e jogava comigo. Já não sabia ao certo se queria morar com Capitão Fantástico. Contudo, para não o decepcionar, disse que sim, iria dizer à psicóloga forense que gostaria de morar com meu pai e voltar para a capital.

O fim de semana terminou, meu pai me deixou em Montes Claros. Ele e Princesa Cantora voltaram para Belo Horizonte. Mas o que ninguém sabia era que aquele gesto desesperado de recuperar seu filho, aquele processo, não seria necessário.

CAPÍTULO XXXIII

O PESO DA ÁGUA

Um capítulo à parte na fase do inferno pobre era a água; ou melhor, a escassez dela. Em Montes Claros, a quantidade de água nas casas variava conforme o nível do bairro. Quanto mais rico, mais água. Quanto mais pobre, menos água.

Na primeira casa para a qual nos mudamos, ela só chegava duas vezes na semana. Havia um supermercado perto daquela casa. Minha mãe pegava um galão de vinte litros e me mandava buscar água no estabelecimento. Os funcionários já me conheciam. Eu entrava, abria a torneira e, aos treze anos de idade, descobri o peso da água. Ela tinha vinte quilos. E como era pesada! Eu voltava carregando aquele galão, minha mãe enchia uma panela enorme, colocava no fogão e em poucos minutos eu tomava banho. Essa rotina durou seis meses, até que nos mudamos para uma casa num bairro melhor, aonde a água chegava cinco dias por semana.

Outra coisa que naquela cidade valia ouro: casas com piscina. Quem tinha, podia se considerar rico. As pessoas eram atraídas para aquelas residências, porque a piscina era o maior patrimônio que alguém podia construir em Montes Claros.

Padrasto tinha amigos nessa condição. Então, nos fins de semana, íamos àquelas casas e passávamos o dia dentro da água. Era bom, porque, por um lado, eu me refrescava. Mas, era ruim, porque, por outro lado, eu ficava longe do meu quarto e de meus jogos.

CAPÍTULO XXXIV

SEGUNDA GARGALHADA

Havia um ano que minha mãe tentava engravidar. Ela perdera dois filhos nesse tempo. Por fim, depois da terceira tentativa, nasceu Irmã Morena. Era um bebê bonitinho, morena como o pai. Ela trouxe alegria para o lar. Eu gostei do seu nascimento, porque meus avós começaram a vir mais vezes nos visitar, e nós passamos também a ir mais vezes à capital. Com isso, eu podia conviver com Capitão Fantástico.

Parecia que tudo estava se acertando. Eu morava em uma casa confortável, me dava bem com Padrasto, tinha um quarto interessante, os amigos da escola me visitavam, ia ao shopping e comia sanduíche. A vida começava a fazer sentido novamente. Até que...

Era um fim de semana. Avô Pastor e Avó Oradeira chegaram em casa no sábado. Minha mãe havia arrumado um bocado de mala e embrulhado alguns pertences. Parecia que íamos viajar. O domingo chegou. Padrasto não havia dormido em casa. Estranhei aquele fato. Então Rainha Segunda colocou tudo na caçamba da caminhonete de meu avô, pegou minha irmã — que a essa altura tinha dois meses de vida —, entramos no carro e, só nesse momento, compreendi tudo. Nós estávamos voltando para Belo Horizonte. Não, não era para visitar a família. Nós estávamos nos mudando para a capital. Assim, do nada.

Uma semana antes ela havia dito a Padrasto que não o amava mais, que a relação dos dois estava insustentável, que sentia falta da família e que não suportava mais viver em Montes Claros. Sendo assim, ligou para meus avós comunicando a decisão. Dois dias depois, eles vieram, buscaram as poucas coisas que tínhamos e a paz da minha vida voltava ao inferno. Um inferno rico!

Eu ficava olhando para a paisagem da estrada. Algo em minha mente me dizia que sim: eu nasci de um espermatozoide louco que se juntou a um óvulo maluco. Em contrapartida, meu ser inteiro se rejubilava. Havia uma alegria imensa em mim a ponto de quase não me aguentar.

Eu tinha quatorze anos e estava voltando para os Coutinho, Garcia e Carvalho. Estava voltando para meus primos, para a cidade grande, para os shoppings enormes. O mais importante era que eu estava voltando para meu Capitão Fantástico e para minha Princesa Cantora.

Literalmente explodi de alegria e, do nada, quando todos estavam calados dentro do carro, depois de dois anos, soltei minha segunda gargalhada.

CAPÍTULO XXXV

ABRAÇO APERTADO

Cheguei a Belo Horizonte. A primeira coisa que fiz, óbvio, foi ligar para Capitão Fantástico e pedir que me buscasse na casa de meus avós. Ele, surpreso, disse: "Como assim? Você está domingo à noite em Belo Horizonte? Amanhã você tem aula!".

Então eu lhe disse que não iria mais para a escola de Montes Claros, porque, a partir daquele dia, nós não iríamos nos separar nunca mais na vida. Ele poderia desistir do processo de guarda, porque tudo estava simplesmente resolvido. Eu havia voltado para Belo Horizonte com minha mãe. Meu pai ficou um tempo calado e, pela segunda vez na vida, disse: "Deus existe!".

Minutos depois, ele parava o carro em frente à casa de meus avós. Ao vê-lo, saí correndo e recebi o abraço mais apertado de minha curta existência. Só naquele dia descobri como Capitão Fantástico era forte.

CAPÍTULO XXXVI

SÍNDROME DE AFRODITE

Tem uma coisa que preciso contar: uma semana antes de nosso retorno, minha mãe estava de licença maternidade, cuidando de Irmã Morena. Ela estava absorta em nosso sofá da sala, com o celular na mão. Eu cheguei silenciosamente por trás dela e fiquei a observando, enquanto ela digitava algumas palavras pelo WhatsApp. Lembro que era um número que começava com 55 e depois 31, o código de Belo Horizonte. Ele não estava salvo em sua agenda.

Era muito novo para entender o que ela escrevia, porém, aquilo me pareceu anormal. Quando ela percebeu minha presença, colocou o telefone no modo avião, e brigou comigo por estar espionando-a. Eu perguntei com quem ela estava conversando. Ela disse que era com um amigo de infância.

Uma semana depois que retornamos a Belo Horizonte, já estabelecidos em nosso minúsculo apartamento, ela entrou em casa com um militar, cabo da polícia de Minas Gerais. Então me apresentou a ele, dizendo que aquele era seu novo namorado.

Naquele dia, tive absoluta certeza: minha mãe era igual ao meu pai. Ela também tinha *Donjuanismo*, que nas mulheres é chamado de Síndrome de Afrodite. Minha mãe acreditava que outras mulheres sempre estavam competindo com ela e, como meu pai, ela também não conseguia estabelecer vínculos estáveis.

CAPÍTULO XXXVII

AMIGA FRANCESA

Princesa Cantora já havia saído do castelo do Capitão Fantástico. Ela morava no Bairro Coração Eucarístico, em Belo Horizonte. Estudava filosofia na Pontifícia Universidade Católica e vivia em um apartamento confortável que meu pai havia comprado para ela.

Certa vez, pelo Instagram de comunidade da PUC, ela viu o anúncio de uma jovem francesa chamada Escura, que viria a Belo Horizonte fazer intercâmbio. Princesa Cantora ofereceu um quarto em seu apartamento como forma de dividir as despesas.

Um mês depois, Escura, que era absurdamente clara — quase transparente —, chegou e morou seis meses junto com minha irmã. Tornaram-se amigas, saíam, bebiam e dançavam, como pedia a juventude.

O mais importante era: recebê-la em seu apartamento abriu as portas de Paris para mim.

CAPÍTULO XXXVIII

JUSTIÇA TARDIA E FALHA

Há um ditado no Brasil que diz: "A justiça tarda, mas não falha". Mentira! Se ela tarda, é porque já falhou.

Meu pai não havia desistido do processo. Ele alegou que ia continuar tentando minha guarda, porque a louca da Rainha Segunda poderia, a qualquer momento, dar na telha de se mudar com Militar para a Grécia, Palestina, China, e me levar novamente. Como forma de se precaver, continuou com a ação, pediu liminar para que eu trocasse de lar, mas nada, nem ninguém fazia aquilo andar. Havia dois anos que ele estava parado.

Quando ele deu entrada no processo, eu tinha treze anos, era um garoto perdido entre dois loucos, sem saber por onde ir ou andar. Por isso, a guarda era necessária. Mas não agora. Eu ia fazer quinze. Não fazia mais sentido um juiz decidir com quem eu ia morar, com quem eu passaria minha juventude. Eu fiz, então, quinze anos e começava a entender que teria que construir meu destino, trilhar meus caminhos.

A vida estava tranquila, eu saía com Primo Primeiro, filho de Tia Preferida e de Tio Pana — que tinha esse apelido porque se parecia muito com o entregador de gás de Iguatama — e com Primo Segundo, Filho de Tio Maconha e de Tia Larica, que de tanto respirar a brisa que saía dos cigarros do marido, acabou engordando de tanto comer. Até que, um dia, Tio Maconha teve que pagar para Tio Plástico uma cirurgia para retirar as gorduras, e ela voltou a ser linda. Eles eram meus melhores amigos. Íamos a muitas festinhas. Minha mãe ainda namorava Militar e aquilo para mim já não fazia a menor importância. Eu havia crescido. As marcas da infância começavam a se desgrudar de mim.

Um dia, Princesa Cantora sugeriu que eu me mudasse para a Europa: o motivo disso era que eu tinha um primo morando em Dublin, filho de Tio Intelectual. Ele era dono de um conceituado *pub* na capital da Irlanda e poderia abrir as portas da cidade para mim. Também tinha Tia Poliglota, caçula do segundo casamento de Avô Paterno, que morava em Antuérpia, na Bélgica. Ela havia se casado anos antes com Tio Jovenzinho, um belga dez anos mais novo que ela. Minha terceira opção era Escura, a amiga francesa de Princesa Cantora, que morou com ela por seis meses. Sendo assim, eu poderia morar nessas três cidades, já que teria total apoio para começar uma nova vida. Meu pai bancaria as despesas, eu poderia arrumar emprego e seria maravilhoso.

A verdade é que eu estava cansado daquela confusão toda. Quinze anos de idas e vindas, de famílias feitas e desfeitas, de rotinas estraçalhadas, de brigas intermináveis, de processos, de lutas e de desunião. Eu queria paz! Queria me distanciar da minha infância, dos problemas com meus pais. De certa forma, queria também dar paz a eles para que não precisassem mais se preocupar com quem eu moraria, para não haver ciúmes de nenhum dos dois e, principalmente, para não ter que fazer escolhas. Mesmo porque, Capitão Fantástico havia quebrado a promessa de que nenhuma mulher mais entraria em seu castelo. Ele havia voltado com Rainha Primeira. Era um amor de fim de semana, quando ela tinha folga da escola onde dava aula, em Brumadinho. Ainda que não fosse uma convivência diária, era uma convivência. Eu tinha que estar ao lado deles todos os fins de semana em que ia ao seu Castelo.

Havia outra coisa: minha mãe continuava a namorar Militar e só de pensar que, dali a alguns meses, eu teria que pisar novamente na porra do tapete vermelho, carregando novas alianças, com pessoas achando linda aquela cena, em que duas pessoas que eram amigos de infância se encontraram ao acaso e, de repente, perceberam que teriam que viver um amor escondido por tanto tempo... Só de pensar nisso, meu coração gelava.

"*Basta! Chega!*", eu pensei. "*Em algum lugar deste planeta deve haver pessoas normais para se conviver.*" Depois de analisar todas as hipóteses, optei por Paris. Eu era cosmopolita, como já disse, e de todas as cidades, a capital francesa era a maior.

Informei à minha mãe e ao meu pai sobre minha decisão. Sim. Eu queria morar em Paris, aprender outra língua e viver outra cultura. Era uma oportunidade que não deixaria passar por nada na vida. Foi difícil convencê-los. Principalmente meu pai, que me disse: "Mas logo agora que sua mãe não tem mais poder sobre você? Logo agora que nós podemos viver uma vida maravilhosa? Viajar, pescar, assistir aos jogos do cruzeiro e do atlético juntos. Logo agora você vai embora?".

"Sim", falei. "Eu preciso e espero que me apoie." E ele me apoiou, mesmo que estivesse contrariado. Com quinze anos, eu parti para minha nova vida, rumo à capital francesa. Não sem antes ir a uma zona no Capoeirão.

CAPÍTULO XXXIX

CUNHAS

Uma coisa que eu ainda não disse sobre os Coutinho, Garcia e Carvalho é que nossa família não se estabeleceu em Iguatama, mas sim em

Cunhas, distrito de Iguatama. Assim que chegávamos em Iguatama, pegávamos uma estrada de terra e treze quilômetros depois de comer muita poeira, chegávamos no paraíso.

Há trezentos anos, quando o Brasil era império, meus antepassados escolheram esse pedaço de chão para viver. De lá para cá, muita água passou debaixo da ponte, de forma que, há cem anos, meus bisavós e uma comunidade familiar de aproximadamente mil pessoas começaram a construir aquele distrito.

Fizeram a igreja. Nela, há ainda um relógio acima da porta principal, pintado à mão, porque não tinham dinheiro para colocar um de verdade. Nele, pintaram os ponteiros que marcam o horário de "quinze pras duas".

Ao lado da igreja, meu bisavô Coutinho construiu um bar e o batizou de Bar da Neusa, em homenagem à minha tia-avó. Além das fazendas, há no distrito aproximadamente cem casas. Elas pertenciam aos funcionários de nossa família. Era onde eles descansavam depois de trabalhar nos campos e nas casas dos patrões.

Cunhas é um lugar de água abundante e, até hoje, existe uma grande lagoa onde pescamos e nadamos. Foi naquele lugar, cheio de histórias e de lendas, que nossa família cresceu e viveu, até a década de sessenta. Quando a roça de Belo Horizonte começava a se tornar grande, todos começaram a vender as fazendas e a migrar para a capital. Assim, Cunhas nunca mais voltou a ser o que era. O distrito minguou, as casas foram abandonadas, e o lugar parou no tempo, como se o relógio pintado à mão dissesse, a todo momento que, um dia, aquele distrito pararia e se transformaria na morada dos fantasmas que lá viveram e morreram, para que fôssemos o que somos.

Cunhas ainda existe nas nossas lembranças e em nossos corações. Então, toda vez que queremos beber na fonte de nossa família, voltamos e nos hospedamos nos poucos que ainda continuam lá.

CAPÍTULO XL

RABO DE BEZERRO

Uma das lembranças que tenho de Cunhas é quando meu pai me levou lá pela primeira vez. Ele ainda era casado com Rainha Segunda. Eu tinha dois anos de idade. Fomos beber leite na fazenda em que Branco, que era extremamente preto, o retireiro mais antigo do distrito, nos esperava. Entramos no curral e meu pai colocou minhas mãozinhas nas tetas da vaca. De um jeito tosco, eu apertei aqueles peitos macios. Então, um filete de leite caiu no copo. Ele ficou muito orgulhoso disso.

Quando os adultos estavam distraídos, eu entrei no pequeno espaço onde os bezerros ficavam apartados e comecei a segurar no rabo de um bezerro. Como aquilo incomodava o animal, ele ficava correndo de um lado para o outro, mas eu não me desgarrava. Para todos que estavam ali, aquilo era uma festa. Um bebê de dois anos agarrado ao rabo de um bezerro é realmente incomum. Acho que, se procurar, provavelmente o vídeo daquele dia ainda exista.

CAPÍTULO XLI

ANOMALIA CONGÊNITA

Eu nasci com uma anomalia. Meu pênis era absurdamente grande para um bebê. Meu pai se envaidecia com isso. Ele fazia questão de tirar minha fralda e me deixar pelado passeando entre os primos assim que comecei a andar. Ele ria em ver aquela criança de três pernas correndo para todos os lados. Porém, quando minha mãe achava que a brincadeira estava passando dos limites, xingava-o, me pegava no colo, vestia as minhas roupas e me colocava para dormir.

Não, definitivamente eu não havia puxado ele. Por isso, eu brinco que é uma malformação maior, com graves alterações anatômicas e que não veio dele. Para mim, isso nunca foi motivo de orgulho, mas sim de dor, já que a minha penetração dói nas mulheres — sejam elas virgens ou não —, como poderei provar no próximo capítulo.

CAPÍTULO XLII

MINHA PRIMEIRA VEZ

Conto tudo isso para dizer que foi perto de Cunhas, em um lugarejo que chamamos de Capoeirão, onde pela primeira vez na vida conheci o sexo.

Antes de partir para Paris, meu pai me levou com os primos para passear nas férias de verão. A gente sempre ficava na fazenda de Tio Risada, porque foi uma das poucas que não foram vendidas na migração da família. Ela nos trazia ótimas lembranças! Os adultos bebiam em um quiosque ao lado de um grande lago. À noite, íamos para o Bar da Neusa. Foi, então, que aconteceu.

Primo Primeiro e Primo Segundo, que tinham três anos a mais do que eu, sabiam que eu ainda era virgem. Sendo assim, resolveram acabar com isso. Pegamos o carro, andamos por cinco quilômetros em uma estrada esburacada e escura, e chegamos na zona mais feia que poderia existir no mundo. Era uma casa simples, sem laje, tinha dois quartos, um banheiro e uma sala pequena, onde os homens ficavam bebendo. Tudo para mim era estranho e terrivelmente medonho. Eu tremia, como se estivesse no pior inverno europeu. Mas, não. Era verão, o calor abafava mais ainda o lugar. Eu não conseguia me conter de nervosismo!

Então, ela apareceu. Tinha por volta de quarentas anos. No corpo, já havia marcas do tempo, os cabelos eram grandes, ondulados e estavam soltos. Nas mãos, havia um esmalte vermelho e, no rosto, uma maquiagem leve. Ela tinha os quadris largos que amo tanto e, o mais interessante, usava uns óculos que lhe passavam um ar de intelectualidade. Era de uma beleza única! Eu me apaixonei, pois adoro mulheres intelectuais.

Havia se passado três anos de espera desde a minha primeira masturbação. Um período em que eu imaginava como seria minha primeira vez. Quantos filmes pornográficos já havia assistido, pensando no dia em que eu transaria com uma mulher.

Depois que meus primos pagaram a cafetina, ela se aproximou de mim, tateando as cadeiras da sala, pegou em minha mão suada e me levou para o quarto. Lembro-me de nem mesmo ter tirado a camisa. Quando ela já estava nua, deitou-se na cama e me chamou. Eu tirei a calça, coloquei preservativo, deitei-me e a penetrei. Naquele momento, algo mágico aconteceu! Pela primeira vez na vida, em muitos anos que ela trabalhava naquela profissão, ela sentiu uma dor intensa e gozou.

Seus gritos ecoavam pelo casebre, como se ela estivesse levando uma surra descomunal. Enquanto gritava, pedia que eu enfiasse cada vez mais. Aquilo me transmitia uma sensação de potência que me fazia penetrá-la com força. Por um segundo, tive a mesma sensação que tinha ao jogar *LOL*, quando usava a arma mais poderosa do jogo e matava meus inimigos com extrema facilidade.

Gozei dentro daquela mulher maravilhosa e fiquei deitado por cima dela por uns instantes. Ela me abraçava, arranhava minhas costas, afagava meus cabelos. E me disse: "Vou fazer três profecias para você. A primeira é que você será o melhor amante do mundo. A segunda é que a pessoa que você mais ama, será a pessoa que mais lhe fará sofrer, e você a amará ainda mais". Eu estava deitado sobre ela, a achando estranha.

Por que ela estava me falando aquilo tudo? Eu não sabia dizer o motivo, até que ela se aproximou do meu ouvido e me disse a terceira profecia. Tirei seus óculos e, naquele momento, percebi: ela era cega. Beijei-a na boca e perguntei seu nome. Ela disse: "Luana". Eu ri e falei:

"Seu nome verdadeiro". Ela sorriu de volta, virou a cabeça de lado, pensou por alguns segundos, olhou em minha direção, dizendo: "Tirésias. Eu me chamo Tirésias". Levantei-me, agradeci e saí do quarto.

Quando entrei na sala, Primo Primeiro e Primo Segundo eram um misto de riso e de espanto. Eles me perguntaram seu eu havia batido nela. Eu ri e olhei pra baixo. Eles entenderam os motivos dos gritos mais altos já ouvidos em toda história das zonas boêmias de Minas Gerais.

De volta para a fazenda, quando contei a eles sobre o oráculo dito por Prostituta Tirésias, a Cega, que eu seria o melhor amante do mundo, eles fizeram uma pergunta e uma afirmação. A pergunta era: "O que é um oráculo?". Depois que expliquei, eles riram e afirmaram: "Inocente. Elas falam isso para todos". No entanto, algo me dizia que ela estava certa, porque oráculos nunca falham.

CAPÍTULO XLIII

DA ALEGRIA À TRISTEZA

Deitado na cama da fazenda de Tio Risada, pouco depois de ter chegado da zona, encostei a cabeça no travesseiro, sorri pela última vez naquela noite, e chorei. Minha hora havia chegado. Eu tinha quinze anos, uma família louca, amava Capitão Fantástico e Rainha Segunda. Amava meus primos e minhas irmãs. Só não amava minha história. Por isso, queria enterrá-la.

Em quinze dias, eu viajaria para Paris, em busca do caminho do meio. Assim, encerraria de vez minha infância. Meu pai bancaria meus estudos, meu aluguel e minhas despesas. Isso me confortava. Contudo, um fato alteraria substancialmente e para sempre minha relação com Capitão Fantástico e, consequentemente, minha vida em Paris.

CAPÍTULO XLIV

VIÚVA NEGRA DE ÍRIS AMARELA

Faltando uma semana para viajar para Paris, eu estava em um bar, na cidade de Contagem, com Primo Primeiro e Primo Segundo. Era tarde da noite. Quando estávamos indo embora, uma mulher linda, loira, com cabelos volumosos e pele sedosa, finamente vestida em seus quarenta anos, me chamou a atenção.

Ela estava sentada no canto, sozinha, bebericando um drink, olhando para nós e, em um instante fortuito, gritou meu nome. Eu me virei para trás para entender se era realmente a mim que ela estava chamando. Então, voltei, sentei-me à sua mesa e perguntei: "Como você sabe meu nome?". A mulher riu e disse: "Eu te conheço há muitos anos. Você não deve se lembrar de mim". Eu falei: "Você não me é estranha. Mesmo assim, não consigo me lembrar".

Naquele momento, levantei-me da mesa, me despedi de meus primos e voltei a me sentar de frente a ela, pois pressenti que aquela mulher tinha muito a dizer sobre várias coisas que não eu compreendia sobre o meu passado. Pedi um guaraná e ela me contou a seguinte história:

"Sempre quis te encontrar para te pedir perdão. Sabe, Abençoado, a vida não é destino, é escolha e, na maioria das vezes, fazemos péssimas escolhas. Conheci seu pai muito jovem. Eu o achava fascinante com aqueles cabelos grisalhos. Me apaixonei por ele perdidamente! Ele me levou para trabalhar na farmácia, muito a contragosto de sua mãe. Em pouco tempo, nos tornamos amantes. Tudo era proibido. Eu também era casada. Mas, exatamente por ser proibido, foi a coisa mais louca que vivi na vida. Nós saíamos todas as tardes, manhãs e, quando dava, noites. Aquilo foi nos consumindo, porque o brilho em nossos olhos era enorme quando nos beijávamos.

"Eu amava seu pai e continuei amando-o por toda vida. Sabíamos que nunca seríamos um do outro. Tem anos que não o vejo. Mas algo dentro de mim me diz que ele me ama ainda. Por mais que eu te machuque com o que vou dizer agora, eu tenho que falar. Nós fomos um amor impossível, porque estávamos fadados a ser o que éramos: eternos amantes. Eu sabia que estava fazendo tudo errado, que estava destruindo sua família. Por outro lado, ele sabia que estava destruindo a minha. Ainda assim, não conseguimos acabar com aquilo.

"Então, para que pudéssemos ter um instante a sós, programamos uma viagem a São Paulo. O motivo era trabalho. Foi difícil convencer meu marido de que eu ia trabalhar quatro dias fora de Belo Horizonte, com o meu patrão. Mas eu fui. Ele, porém, não conseguiu convencer sua mãe. Por isso, só por isso, ele terminou o casamento e abandonou vocês. No fim, a viagem foi uma merda! Nós brigamos. Deu tudo errado, porque tínhamos começado errado.

"Quando voltamos, seu pai tentou reatar tudo, tentou voltar para a família que tinha. Só que era tarde. Sua mãe não aceitou. Foi assim que tudo foi para o abismo! Um abismo parecido com um buraco negro, para onde tudo é puxado e nunca mais retorna. Minha vida foi uma droga! Eu me separei e meu filho sumiu no mundo. Fiquei sozinha, remoendo meu passado.

"Preciso muito do seu perdão, porque sei que tudo que você está passando é por minha culpa. Eu não quero morrer com esse sentimento."

Eu desabei. Coloquei as mãos no rosto e chorei em silêncio. Era como se minha infância voltasse como um filme. Lembrei-me dos olhos verdes de minha mãe, do dia em que achei que a fiz chorar porque não havia gostado do presente. Quanto mais eu pensava nisso, mais um misto de ódio e de desespero invadia minha alma, e mais eu tinha raiva de Capitão Fantástico.

Eu estava ali, diante da mulher que também era responsável pelos traumas da minha infância, pelas dores da separação dos meus pais. Estava diante da mulher que me obrigou a fazer escolhas, desde a mais tenra idade, tendo que escolher ficar com um ou com outro. Mas, nunca com os dois.

Minha vontade era de segurar aquele pescoço lindo e enforcá-lo até que ela não pudesse respirar mais. No entanto, me contive e lhe fiz outra pergunta: "Mas se ele já estava separado de minha mãe, por que vocês não ficaram juntos?". A mulher, então, respondeu que, quando meu pai se separou, ela não teve coragem de deixar o marido. Como ele estava sozinho, um belo dia ligou para a farmacêutica, saíram e três meses depois, já estava morando com ela. Quando, finalmente, criou coragem e se separou de seu marido, ela tentou reatar com meu pai. Mas, já era tarde. Ele começou a construir o sítio, a demitiu da farmácia e a vida dela virou um caos.

Minha alma estava odiosa! Eu falei: "Meu pai é um louco!". Ela pensou um tempo e disse: "Eu preciso do seu perdão. E preciso que, agora, agora que você sabe o motivo pelo qual ele abandonou vocês, você o perdoe também. Tem uma coisa que vou te dizer: você só entenderá os seus pais, quando começar a fazer as merdas que eles fizeram".

Aquelas palavras, por mais que não fizesse nenhum sentido, naquele instante, me acalmaram. Sequei as lágrimas, olhei no fundo daquelas íris amarelas e pensei: *"Meu pai nunca perdoou meu avô"*.

Voltei os olhos para ela e disse: "Preciso digerir tudo isso. Quem sabe um dia eu te perdoe. Mas, antes, deixe-me falar uma coisa. Meu pai sempre me contou uma história, que para ele, é a mais linda história de amor que existe no mundo, de um livro chamado *A Filha do Diretor do Circo*. Quem sabe, um dia, você o leia para entender o que estou dizendo. Agora, pensando sobre o que você me contou, acho que consigo entender por que ele gostava tanto deste livro. Talvez, você seja, para ele, a filha do diretor do circo, já que você é o amor impossível dele. Mas, desculpe-me a sinceridade: não precisa se orgulhar disso. Conhecendo meu pai como conheço, se vocês tivessem ficado juntos, depois de cinco anos, ele te destruiria, assim como destruiu todas as mulheres que teve. Meu pai não ama o amor, e sim, a possibilidade do amor. São coisas diferentes. Ele ama seduzir e odeia relações duradouras. Leve essas palavras com você, não como vingança, mas como aceitação pelo que não viveram".

Eu já estava indo embora. Antes, porém, retornei e lhe fiz a última pergunta: "Qual o seu nome?". Ela respondeu: "Não importa como me chamo. O que importa é como seu pai me chamava: Viúva Negra de Íris amarela. Eu amava esse apelido, porque, sim, depois que nos encontramos, depois que nos tornamos amantes, eu o matei. Eu arranquei o coração dele e o carrego comigo até hoje".

Levantei-me da mesa, pedi um Uber e, dali em diante, nada seria como antes. Uma coisa não posso negar. Meu pai era louco? Sim. Mas tinha muito bom gosto.

CAPÍTULO XLV

RUPTURA

Saí do bar e fui direto ao Castelo do Capitão Fantástico. Encontrei-o em casa, como sempre. Ele estava no *spa*. Ao seu lado, Rainha Primeira. Pedi que ela nos desse licença, pois precisava conversar a sós com meu pai. Ela saiu, enrolou-se na toalha, subiu as escadas e deitou-se na cama da suíte real.

Sentei-me à mesa da área da piscina e, naquela noite, lembro-me, abri minha primeira cerveja. Precisava daquilo para me acalmar. Ele foi até a cervejeira, pegou também uma cerveja para si, pegou uma palha, enrolou um cigarro e o acendeu. Então, eu olhei no fundo daqueles olhos envelhecidos e perguntei: "Qual é o nome da Viúva Negra de Íris Amarela?". Ele reagiu como se uma brisa gelada percorresse seu corpo. Ela invadiu o ambiente, baixou a temperatura, e a noite se fez fria.

Ele percebeu que eu sabia de tudo. Percebeu que seu maior segredo havia sido descoberto. Naquele momento, teve raiva da ex-amante, porque pressentia que ela havia me contado tudo. Só não sabia como.

Em seguida, eu lhe disse: "Sabe, pai, desde quando comecei a me entender como pessoa, desde quando comecei a entender tudo a minha volta, a entender a sua vida e o que você fez, eu te comparei a um Rei. Achava que suas mulheres eram Rainhas. Lembra-se da história de Buda, que você gostava tanto de contar? Seu reinado era igual ao do pai dele. Um mundo de mentiras e ilusões! Um reinado falso, feito de aparências para nossa família.

"Você roubou a primeira rainha do marido, e o que você fez? Depois de cinco anos, abandonou-a com três filhos. Sozinha no mundo, tendo que lutar contra tudo e contra todos para sustentar a família dela. Minha irmã sofreu horrores por causa do seu capricho.

"Você roubou a juventude da segunda rainha. Depois que você abandonou a ela e a mim, você a jogou em um precipício, fazendo com que ela tivesse de se virar, aos 22 anos, para cuidar de um bebê e trabalhar. Minha mãe foi humilhada por Avó Oradeira, que a vida inteira jogou na cara dela o aviso de que você não era a pessoa ideal para se casar. E tudo para quê? Para possuir aqueles olhos verdes por cinco anos. Mais nada!

"Por fim, você matou, com sua irresponsabilidade, por estar bêbado, a mãe de Enteada, deixando-a órfã com apenas dez anos. Suas rainhas vivem à base de remédios controlados até hoje. Se formos contar, você destruiu nove vidas. Por quê? Porque você tem a porra do *Donjuanismo*, um distúrbio que não te permite estabelecer uma relação duradoura. Você, com sua necessidade de seduzir, com sua doença, não pode ver uma mulher bonita que logo passa a achar que aquela que você tem é horrível. Então você a descarta, como se descarta um objeto."

E continuei: "Lembra do filho alcóolatra e do filho abstêmio? Você achava que, porque seu pai se separou, você precisava também de separar. Sendo assim, elevou isso a máxima potência. Só tem uma diferença, meu avô fez isso uma única vez. Formou uma nova família e morreu ao lado da mulher que amava. E você? Olhe a sua vida! É uma mentira completa. Você alcançou seus sonhos financeiros. Ok. Mas, e sua família? Diga-me, quem é sua família? Ninguém. Princesa Cantora não suportou tanta loucura e partiu. Daqui a uma semana, vou partir. E você? Você vai ficar sozinho na merda de vida que construiu, cuidando da porra do seu pé de uva. Rico. Porém, um rico que não soube usar o dinheiro para solidificar famílias, e sim para destruí-las. Seu dinheiro é maldito!

"Quantas vezes você nos fez assistir a *Capitão Fantástico*? Mas o que você nunca percebeu é que o protagonista do filme criou os filhos de uma mesma mãe. Ele nunca destruiu nenhuma mulher para chegar àquela condição. O câncer a levou. Você é um Capitão Fantástico fajuto! Uma farsa! Você tentou incutir em nós a imagem de um pai admirável, o que você nunca foi."

Percebi que aquelas palavras o atingiram em seu ego, porque ele se imaginava um verdadeiro Capitão Fantástico. Abdicou da vida por alguns anos para cuidar de mim e de Princesa Cantora. No fim de tudo, ouviu duras palavras amargas. Aquilo me doeu. Contudo, não arrefeci. Mesmo doendo, finalizei: "Sei que posso me arrepender de minhas palavras. Sei que passarei por dificuldades financeiras em minha nova vida. Mas, hoje... hoje eu quero romper com você. Hoje eu não quero te ver nunca mais na vida".

Ele baixou a cabeça, apertou os olhos e não teve coragem de me encarar. Por um instante, tive vontade de abraçá-lo, de apertar aquele corpo envelhecido e de gritar o mais alto que pudesse: "Por que você precisava ser assim?". Então nos abraçaríamos chorando, ele diria suas convicções, e eu o perdoaria por tudo. Não fiz nada disso. Eu estava dominado pelo ódio.

Levantei-me para ir embora. Quando estava subindo as escadas laterais da casa, o ouvi implorando para eu voltar, para ele me explicar, a seu modo, o verdadeiro motivo de ter se separado de Rainha Segunda. Como se aquela explicação pudesse devolver a vida de nove pessoas, e não só a minha e de minha mãe. Eu não queria ouvir mais nada. No entanto, retornei e fiz duas perguntas: "Qual o nome da Viúva Negra de Íris Amarela? Seja sincero comigo, pelo menos uma vez na vida. Me diga: ela é a sua Filha do diretor do circo. Ela é seu amor impossível?".

Ele respondeu: "Não importa o nome. O que importa é que sim, ela é meu amor impossível".

Eu ouvia aquilo com ódio no coração quando gritei: "Então vai atrás dela, porra! Vai lá, fica com ela para o resto da vida. Vamos ver se você consegue ficar mais de cinco anos. Você é um doente, pai! Vai se tratar. Vai curar essa porra toda. Pare de destruir as pessoas!".

As respostas invadiram meu ser como uma lança e aumentaram meu ódio. Fechei o portão de madeira de seu Castelo de mentiras e me voltei para minha nova vida.

CAPÍTULO XLVI

PRESSÁGIO

Cinco anos depois, quando fazia minha vigésima primavera, quando havia feito igual a Sidarta Gautama, fugido do Rei, quando estava feliz e começando a estudar na Sorbonne, quando havia cinco anos que não conversava com meu pai, quando meu passado não era nada mais do que uma gaveta escondida dentro da minha consciência, Princesa Cantora me ligou para tirar minha paz: "Abençoado, preciso te falar. Sei que não gosta deste assunto, mas Capitão Fantástico não está bem!".

"Como assim?", perguntei. Princesa Cantora continuou: "Lembra do Alzheimer? Desde que vocês romperam, ele mudou muito. Passou a ficar mais calado, a não sair de casa. Parou de receber visitas. Um dia, fui visitá-lo, e ele não lembrou meu nome. Fiquei preocupada. Eu o levei ao médico. Fizemos todos os exames, testes cognitivos, além da imagem do sistema nervoso central. O diagnóstico é claro. Nosso pai tem sessenta anos e está entrando na segunda fase do Alzheimer".

Eu estava em pé enquanto conversávamos. Ao receber a notícia, me sentei no sofá, querendo não acreditar naquelas palavras. Princesa Cantora disse: "Você está aí? Se está, eu te peço, venha para cá. Preciso de você aqui! Eu arrumei uma cuidadora... duas, na verdade. Uma para ficar com ele de dia; outra, à noite. Mas está um inferno! Elas não dão conta do recado. É triste. Mas precisamos interná-lo. Eu não consigo fazer isso sozinha".

Com muita dificuldade, peguei o avião e voltei a Belo Horizonte. Princesa Cantora me buscou no aeroporto. Pouco tempo depois, chegamos ao Castelo do antigo Rei. Assim que me viu, disse: "João, você perdoa seu pai?". Eu respondi: "Eu me chamo Abençoado e não sei do que está falando". Apertei sua mão, disse para não se preocupar e que, no momento, ele precisava se tratar.

Por isso, o colocaríamos na clínica onde Avó Paterna morrera, porque lá ele teria todos os cuidados necessários para a recuperação. Ele baixou a cabeça e não disse mais nada, como se soubesse há muitos anos que o destino de sua vida estava traçado.

Entramos no carro de minha irmã e partimos para o infortúnio. Assinamos os papéis necessários para a internação. Não tive coragem de olhar para trás. Princesa Cantora o abraçava, em prantos, e eu não tinha forças para assistir àquela cena. Eu sabia que os olhos do falso Capitão Fantástico estavam marejados, sabia que seu coração estava dilacerado, sabia também que ele tinha a certeza de que sua vida terminaria naquele instante. Mas, antes de sair, ainda de costas, ouvi dele a última pergunta: "Você ainda lembra da promessa do terceiro estágio?". Não respondi nada.

De tão antigo que era aquele pedido, eu nem sequer me lembrava de ter prometido algo e, se tivesse prometido, com certeza, não cumpriria minha promessa. Ele nunca cumpriu as dele. Entrei no carro, esperei por minha irmã, levei-a para casa e voltei para Paris, para minhas mulheres, para meu ofício, em busca do meu caminho do meio.

CAPÍTULO XLVII

BUDA

Apesar de todos os indícios, Sidarta Gautama ainda não era Buda quando nasceu. Dentro do castelo majestoso, tinha tudo o que o dinheiro podia comprar, além de dezenas de servos para lhe atender nos menores e nos maiores desejos. Vivia no luxo e no conforto. Porém, algo dentro dele dizia que aquilo não lhe bastava. Ele precisava conhecer o mundo externo. Então, disse ao pai que queria conhecer a cidade.

Seu pai, o rei Śuddhodana, mandou pavimentar com ladrilhos o caminho por onde ele percorreria e colocou tapumes coloridos nas laterais, para esconder do filho as mazelas do país em que havia nascido.

Sidarta Gautama saiu do castelo, entrou em uma carruagem e fez o percurso. Durante o caminho, pelas frestas dos tapumes, viu miséria, doença e fome. E decidiu conhecer aquilo mais a fundo. Assim, em uma bela noite, ele deu sonífero para os empregados. Quando todos estavam dormindo, fugiu do castelo para se tornar o que é.

Ele vagou pelas ruas da cidade, encontrou mendigos, prostitutas, famintos e doentes. Resolveu, então, ir para a floresta. Quando chegou, comeu tudo que pôde. Ainda assim, não encontrou a iluminação. Sidarta parou de comer, mas nada aconteceu. Meditou por anos a fio, e nada, nem ninguém conseguia ajudá-lo a encontrar seu caminho, até o instante em que ele viu um barqueiro descendo um rio de águas límpidas e tranquilas.

O homem afinava um violão. Sidarta Gautama observou que, quando o barqueiro apertava as cordas com muita força, elas arrebentavam e, quando afrouxava demais, elas não encontravam o tom. Somente no momento que o barqueiro colocou as cordas do violão no ponto certo, o instrumento ficou afinado. No mesmo instante, Sidarta Gautama percebeu que o caminho do meio era o que tanto buscava. E se tornou Buda.

CAPÍTULO XLVIII

METÁFORA

Dentro do metrô que me levava para o centro de Paris, depois de ter descido no aeroporto Charles de Gaulle, ia me lembrando desta história que, por tantas vezes, meu pai me havia me contado.

Príncipe Sidarta Gautama tinha tudo o que o dinheiro podia comprar. Príncipe Abençoado também. Mas, ambos não estavam felizes. Sentiam que algo lhes faltava. Ambos precisavam fugir do castelo, fugir de um mundo de mentiras e de falsidades, para encontrar um caminho que fosse real. Ao percorrer este caminho, ambos sofreriam escassez e cometeriam excessos. No fim, poderiam encontrar o verdadeiro eu.

Princesa Cantora começava a dar seus primeiros passos. Estava fazendo aulas de canto. Sua voz era forte e doce. Ela já tinha músicas autorais, com letras que falavam do universo feminino. Já eu, a partir daquele momento, com quinze anos de idade, comecei a procurar a afinação certa para a minha vida.

CAPÍTULO XLIX

UM NOVO LAR

Desci na estação de metrô da Torre Eiffel chamada Trocadéro. Escura me esperava. Pegamos um Uber e, depois de dez minutos, chegamos a uma bela casa, situada no 5ème, mais conhecido como Quartier Latin, um bairro estudantil localizado à margem esquerda do rio Sena. Quando chegamos ao meu novo lar, percebi que a casa também havia sido construída em estilo ouropretano. Entendi, então, quão difícil seria esquecer o meu passado. Cumprimentei os pais e os irmãos de Escura. Ela me levou para conhecer meu quarto, um ambiente finamente decorado, com uma cama elisabetana, onde eu dormiria pelos próximos anos. Comi alguma coisa, conversamos em português e, meia hora depois, eu entrei nos meus aposentos. Precisava descansar. Precisava ficar só.

Dois dias antes, Rainha Segunda e Princesa Cantora haviam me levado ao aeroporto de Confins, em Belo Horizonte. A despedida não havia sido fácil. Entre recomendações e conselhos, choramos muito ao nos despedirmos. Tudo ainda parecia ser uma grande loucura! Abandonar meus amigos, minha família, meu lar.

A ausência de meu pai naquele aeroporto me doía a alma. Não só por isso. Ao agir de forma involuntária, ao não conseguir controlar meus impulsos, eu rompera também com minha boa condição financeira. Isso me preocupava. Eu não precisaria pagar aluguel naquele momento. Isso era bom. Contudo, eu teria despesas comuns a um jovem de quinze anos. O dinheiro que meu pai pagava de pensão para Rainha Segunda, convertido, representava duzentos e dezoito euros. Eu ainda não tinha noção do valor, só sabia que seria pouco. A escassez de Príncipe Abençoado começaria dali a algumas horas, logo quando acordasse pela manhã. Cansado da viagem, apaguei em minha nova vida.

CAPÍTULO L

PRIMEIRA ESCOLA

Apesar de o ano letivo francês começar em setembro, minha ida a Paris em fevereiro foi estratégica: eu tinha sete meses para aprender o idioma e entrar no ensino secundário. Ao acordar, no outro dia, Escura me levou à escola de idiomas L´Atelier 9, onde um mês antes, havíamos feito a matrícula.

Era um ambiente renascentista, com salas pequenas. As aulas duravam noventa minutos. Eu estudaria com nove pessoas e passaria quarentas semanas naquela escola. O sistema de ensino era pura conversação. Claro, no primeiro dia não entendi nada. Mas, aos poucos, dentro do meu novo lar, trocamos o idioma português pelo francês, de forma que, em três meses — *zás!* —, eu comecei a compreender tudo e a falar de uma forma tão natural que parecia ser um deles.

Tudo era lindo demais para um jovem de quinze anos, se não fosse um pequeno problema: no primeiro dia de aula, descobri que o valor da mensalidade era exatamente duzentos e dezoito euros. Isso significava que, diante daquele novo mundo e de suas possibilidades, diante de tantas ofertas e de tantos perfumes, de tantos restaurantes e museus, eu não tinha nem um euro sequer para desfrutar daquilo.

CAPÍTULO LI

GERAÇÃO DO QUARTO

Minha geração ficou conhecida como "Geração do Quarto". Particularmente, eu prefiro dizer "Geração de Tela". Os criadores desta geração foram os pais, mesmo que eles não saibam. Com a massificação dos celulares, os pais colocavam seus filhos diante de telas desde os seis meses de idade. O objeto servia para nos distrair, nos aquietar. Fomos induzidos a ver o mundo pelas telas. Mal sabiam esses pais que, no futuro, essa indução determinaria a forma como vemos as coisas. Uma vez que fomos induzidos, vivíamos entre a tela do celular, das televisões e dos monitores. Como eles poderiam no futuro retirar isso de nós? Era impossível.

Como drogados, eles nos viciaram. Aplicaram a primeira dose. Então, nos tornamos dependentes, adictos. Quando achavam que estávamos exagerando, retiravam nossos telefones e sofríamos por abstinência. Enquanto não nos devolviam, a vida passava a não ter sentido. Foi isso que os pais fizeram com minha geração. Eles são os grandes culpados; ou melhor, não há culpados. Todos fomos vítimas.

A Geração de Tela tinha duas características que eu considerava marcantes: a primeira era o isolamento. Quando meu pai vendeu um carro para comprar um computador de última geração, com as mais modernas configurações, uma tela tridimensional e teclado ultrassensível, eu definitivamente me mudei para sua casa. Minha cabeça só ficava lá. Passava todos os fins de semana, feriados e férias naquele ambiente escuro, iluminado apenas por algumas luzinhas de neon. Quando eu estava ali, nada mais importava.

Alguns membros de nossa imensa família criticavam meu pai, dizendo que ele precisava impor limites em meus jogos. Mas ele simplesmente respondia: "O tempo vai dizer a ele o dia de sair de sua redoma". Ele dizia que os quartos da modernidade não eram iguais aos da sua infância. Neles, não havia nada além da cama e, dependendo da condição da família, uma televisão. Já os quartos da minha geração, eram um submundo onde habitavam amigos virtuais. Nunca estávamos a sós. Como a oferta de jogos era vasta, como os desafios a serem alcançados nos jogos eram infinitos, as horas eram, claro, relativas. Nós passávamos uma quantidade de tempo absurda naquele ambiente. E nunca o medíamos.

Meu pai afirmava que proibir era pior. Talvez fosse uma autodefesa, uma forma de me conquistar, de me comprar, por causa das coisas que havia feito no passado. Independentemente do que fosse, eu amava aquilo! Era uma grande diferença em comparação à minha mãe. Ela era radical, autoritária e, por vezes, ignorante. Não me dava o tempo necessário para satisfazer meu vício pelos jogos. Por fim, um belo dia, eu descobri o tempo de sair de minha redoma.

As horas de jogo no meu quarto, em meu novo lar, haviam diminuído drasticamente. Eu tinha uma nova rotina. Estudava pela manhã, almoçava, dormia e, quando acordava, já estava perto das quatro horas da tarde. Saía pelas ruas de Paris e ficava até a noite conhecendo aquele novo mundo. Por volta de oito horas, eu voltava, jantava e dormia novamente. No dia seguinte, tudo se repetia.

Seis meses havia se passado e eu estava pronto para ingressar no ensino médio. Eu era mais homem agora. Estava começando a deixar de lado uma geração marcada pelo isolamento. Tirésias, a adorável prostituta cega, havia me trazido ao mundo real. No fundo, meu pai tinha razão. Só errou em uma coisa: não era o tempo que me tiraria de minha redoma. Era a descoberta do sexo. Eu precisava repeti-lo.

CAPÍTULO LII

ENSINO MÉDIO

Havia chegado a hora de entrar no ensino médio. Quando eu já estava falando francês fluentemente, Escura me sugeriu a estudar no Liceu Internacional de Paris. Era uma escola moderna, criada em 2016, que oferecia uma educação aprofundada em idiomas e em culturas internacionais. A instituição oferecia especialização em quatro línguas: inglês, árabe, chinês e o meu tão querido português.

Só quem já passou pela experiência de morar em outro país sabe como é aconchegante, como é confortável encontrar pessoas que falam a sua língua.

Gostei da ideia por um motivo específico. Naquela escola, ensinavam também a literatura brasileira. Aquilo me pareceu interessante.

De certa forma, meu ímpeto e minha fúria, desde o dia em que havia rompido com meu pai, começavam a se aplacar. Estudar literatura brasileira na França poderia me aproximar mais dos ensinamentos dele, de suas histórias e de seus livros guardados em computadores empoeirados.

Fiz uma prova de seleção dificílima e passei com mérito. Poucos dias depois, as aulas se iniciavam. Além da língua, havia algo importante que me fez ingressar naquela escola. Ela era pública. Minha renda de duzentos e dezoito euros poderia me sobrar por inteiro e eu poderia começar a comprar pequenos desejos.

CAPÍTULO LIII

PRIMEIRO EMPREGO

Havia quinze dias que Escura sabia da minha condição financeira. Sempre que ela me chamava para sair, para conhecer os bares de Paris, para jantar nos restaurantes caros, para conhecer os museus e as igrejas, eu dizia não. Ela sabia que eu era da geração do quarto, já que tinha irmãos com a mesma faixa etária; por isso, imaginava que eu preferia ficar no meu mundo. De convite em convite negados, ela começou a se preocupar. Então, contei-lhe o verdadeiro motivo das recusas.

Ela, de tão linda, se comoveu. Acontece que sua família era abastada. Eles tinham muito contato. Bastaram alguns telefonemas e, uma semana depois, com dezesseis anos, eu comecei a trabalhar na Chanel Parfums Beauté, que ficava na galeria do Louvre.

Há uma história engraçada daquela fase. Fazia um mês que eu trabalhava como vendedor. Três homens entraram na loja e ficaram experimentando os perfumes. Um devia ter um metro e oitenta de altura, o outro era mais baixo e gordinho, e o terceiro tinha cabelos grisalhos.

Quando me aproximei deles, entendi que eram brasileiros. Entendi também que não comprariam nada, que apenas queriam encher os vidros de amostra, colocar no bolso e ir embora. Eu os deixei à vontade, porém vigilante. Só que eles não ficaram apenas nas amostras. Em um lapso de segundo, o mais alto colocou um vidro de perfume no bolso e saiu tranquilamente pela porta de entrada. O alarme tocou. Os seguranças chegaram. Ele retornou rapidamente, colocou a mercadoria na loja e os três saíram como se nada tivesse acontecido.

Eu fiquei ao longe, observando e rindo. Aquela cena me pareceu familiar. Uma das características da louca família de meu pai era que muitos deles eram cleptomaníacos.

CAPÍTULO LIV

UMA CLIENTE

Com três meses, eu já era um vendedor. Claro, não estava entre os melhores. Mas fui me ambientando com aquela profissão e comecei a me destacar. Depois que fiz dezesseis anos, meu corpo se transformou. Havia chegado a um metro e oitenta de altura. Meu nariz é aquilino, olhos castanhos, cabelos loiros e, o mais interessante, usava óculos que me davam um toque de intelectual. Não era tão belo, mas, de certa forma, começava a chamar a atenção das mulheres.

Certa vez entrou uma cliente muito, muito bem-vestida. Tinha por volta de cinquenta anos, ainda que tivesse uma aparência mais jovem. Podia-se ver em suas maneiras, quão rica era. Outro vendedor aproximou-se dela rapidamente, porque sabia que, dali, viriam boas comissões. Em um instante rápido e incompreensível, ela o deteve, pedindo que eu a atendesse.

Entre um e outro perfume que eu apresentava, ela puxava assuntos variados. Até que tirou um cartão do bolso, pegou um vidro de Eudora e me entregou seu contato. Eu ainda não sabia nem entendia aquele gesto. Anos depois, compreendi que fora ali que nascera meu heterônimo. Foi ali que nascera Dorian Gray.

CAPÍTULO LV

PASSADO

Não. O passado não é um tempo em que as coisas aconteceram e ficaram para trás. Pelo menos, em parte. Tudo aquilo que não conseguia esquecer, todas as lembranças que me afetavam e, consequentemente, mudavam meu rumo, minha direção, tudo aquilo ainda era presente.

Por isso, o passado estava em mim e vinha nos meus sonhos, nas minhas memórias, nas minhas palavras, no meu modo de agir e de pensar. Se isso ainda me afetava, é porque não havia morrido. Logo, eu precisava confrontá-las. Os únicos tempos que realmente existem são o passado em pedaços e o presente. O futuro é algo tão misterioso que pode acabar ao atravessarmos uma rua. Portanto, ele não me interessava.

Um dos confrontos com meu passado aconteceu na aula de literatura brasileira, no Liceu Internacional de Paris.

A professora havia escolhido uma obra Machado de Assis, mais especificamente *Dom Casmurro*. Ela dissertava sobre o livro, mostrando o estilo, a escolha do narrador em primeira pessoa, e como o bruxo havia trabalhado para construir um segredo insolúvel. Eu já conhecia a história, além do ponto de vista de meu pai — sobre a homossexualidade de Bento e de Escobar. Chamei a atenção de Professora Mestra para aquele fato.

Ela achou interessante. Nunca havia analisado o livro sob aquele prisma. O ponto de vista do meu pai sobre a história foi o que nos aproximou. Ainda mais quando lhe contei meu nome de batismo. Aquela professora seria muito importante para o que eu viraria ao me tornar adulto.

As lembranças de meu pai me trouxeram saudades de Princesa Cantora. Havia um ano que não nos falávamos. Havia um ano que meu passado me remoía, e, como tal, ainda era presente. Eu precisava dela naquele momento. Quando acabou a aula, liguei para ela por vídeo. Ela atendeu e chorou muito, porque achava que eu também a havia culpado por tudo. Mas, não, ela era meu porto seguro no Velho Mundo. Quando tudo parecia desabar sobre minha cabeça, quando as lembranças me atormentavam, eu pensava nela e aquilo me tranquilizava.

Disse isso tudo a ela, o que fez com ficasse mais calma. Como eu queria há muito tempo saber, perguntei sobre nosso pai. Ela me disse: "Nosso pai está triste, claro. Mas vai se recuperando. A família ajuda nessas horas. Ele se distrai. Não tem a mesma alegria de antes. Mas está bem. A única mudança que realmente senti é que anda esquecendo algumas coisas. Não do passado. Isso não lhe sai da memória. Mas histórias recentes de vez em quando são apagadas como em um passe de mágica. Talvez tenha sido o choque da briga de vocês. Vai passar. Deve passar. Não se preocupe. Eu estou bem, minhas músicas estão começando a aparecer para mais pessoas, terminei meu curso de filosofia e vou começar a fazer mestrado. Tudo está caminhando. Um dia vocês reatam e iremos começar uma nova vida".

Depois de uma longa conversa, as palavras dela me confortaram. Pedi que me mandasse a letra de uma música, composta por ela, de que mais gostava. Então, nos despedimos.

CAPÍTULO LVI

FILHA DO SOL

Camille. Em latim, significa "mensageira", aquela que pode levar uma carta para orientar o destinatário e guiá-lo a um novo mundo. Em grego, a variação de Camille é Cadmilos, o Deus da fertilidade e filho do Deus Sol. Quando mandei uma mensagem de WhatsApp para ela, eu ainda não sabia. Mas, aquela mulher, que dias antes havia entrado na loja para comprar perfumes, aquela mulher que havia me escolhido e que se chamava Camille Mensageira, transformaria minha personalidade de Lua para Sol, de um ser escondido anos e anos, em seu quarto, para um ser do mundo. Eu me tornaria um ser sociável, um ser de luz, tal qual a personalidade de Tio Trismegisto, cuja presença era inevitavelmente percebida, pelos atributos físicos e pela simpatia. Por isso, atraía muitas pessoas para perto de si.

Marcamos o encontro em um dos infinitos cafés de Paris. Em pouco tempo, já estávamos conversando sobre os mais variados assuntos. Ela me ensinava sobre história, filosofia, música e sobre tudo que os seus cinquenta anos haviam lhe ensinado. Eu era um aluno perfeito. Minha atenção era exclusivamente dela. Quando estávamos indo embora, Camille pediu a comanda, pagou, me colocou em seu carro e me levou a um apartamento que ela mantinha para realizar seus encontros sexuais. Eu a amei por inteiro. Era minha segunda mulher. Havia quase um ano que isso não acontecia e meu corpo era puro desejo. O cheiro do perfume Eudora exalava de seu corpo. Aquela fragrância seria a minha preferida pelo resto da vida.

Como acontecera na minha primeira vez, ela urrava de dor e prazer. Seus gritos eram uma mistura de tesão e sofrimento. No fim, ela fez algo inesperado: sacou seu celular, pediu o número da minha conta bancária e transferiu um valor que significava seis meses de meus gastos em Paris. Aquele gesto mudou minha vida por completo. Eu havia descoberto a chave do baú do tesouro que me tirou de uma vida comum e me transformou no que vim a ser.

CAPÍTULO LVII

A FASE ROMÂNTICA DA LITERATURA

Eu tinha dezessete anos quando Professora Mestra entrou na sala e disse que, naquele dia, íamos estudar a fase romântica da literatura, marcada por amores impossíveis, suicídios e personagens frustrados. Para explicar aquela fase, ela havia escolhido um livro chamado *A Filha do Diretor do Circo*, escrito por uma escritora alemã. Naquele momento, eu sorri por dentro e pensei: *"Definitivamente, se houver vidas passadas, essa mulher foi minha namorada. Duas coincidências absurdas perpetravam nossas vidas. A primeira em* Dom Casmurro, *agora o livro preferido de meu pai. Realmente, o passado não morre enquanto não o matamos dentro de nós"*.

Ela continuou a aula, dizendo: "A fase romântica da literatura tem duas características marcantes. A primeira delas é o fim do mecenas. Antes dessa fase, pessoas ricas bancavam a arte. Porém, ao financiar o escritor, o mecenas determinava sobre o que ele iria produzir. Com o advento do comércio pujante, com a expansão do capitalismo e, principalmente, com a expansão das gráficas, os livros passaram a ser impressos e vendidos. O mecenas começou a perder seu poder, porque, a partir de então, os autores podiam escrever seus livros e vendê-los no mercado. Com isso, podiam criar livremente o que lhe viessem à cabeça. Concordam?".

Era uma pergunta para a classe inteira responder. Contudo, ninguém se arriscou. Ela já estava começando a falar novamente, quando pedi a palavra e disse: "Em termos". Ela solicitou que eu continuasse. "Em termos. Se por um lado o escritor não precisa mais do mecenas, por outro, ele precisa do público. Sendo assim, o novo mecenas só mudou de nome e passou a se chamar leitor. O autor não pode escrever o que lhe vier à cabeça. Ele tem que escrever algo que agrade seu público. Caso contrário, está fadado ao fracasso, não vai vender nem um livro sequer e, consequentemente, morrerá de fome."

A frase final fez a sala rir. Quando silenciaram, ela disse: "Exatamente. A fase romântica da literatura tem essa característica: o nascimento de um novo mecenas. Parabéns, Abençoado!". Meu eu inteiro se encheu de orgulho. Então, ela continuou: "A outra característica é muito especial, porque ela nunca termina. Por isso, nos assombra até hoje. Ela está presente em quase todos os casais com filhos ou sem filhos, em quase todos os avós, em tias e tios, em irmãs e irmãos. Ela se chama 'o amor impossível'.

Ela deu um tempo em sua fala, não que precisasse, já que, depois daquelas palavras, a sala estava em silêncio, à espera do desenrolar de sua teoria. Então, continuou: "Vejam o caso de *A Filha do Diretor do Circo*. Depois de inúmeras páginas, em que o leitor torce para os dois ficarem juntos, ele acaba se casando com outra mulher, e ela vira freira. O que fica disso tudo é a característica mais linda da literatura romântica:

o amor impossível. Porém, nós, pessoas modernas, achamos que isso havia terminado naquela fase, morrido há duzentos e cinquenta anos. Eu digo a vocês que não. Não morreu e nunca vai morrer. Enquanto houver uma única pessoa neste mundo, vai haver quem se apaixonará por outra e cujas circunstâncias da vida vão impedir a tão desejada comunhão. Então, a pessoa, ainda apaixonada, levará para sempre aquele amor em seus pensamentos. Ela pode até se casar, ter filhos, netos que, talvez, no último dia de sua vida, fechará os olhos e se lembrará do amor impossível. Duvidam? Quando tiverem oportunidade, quando tiverem reunidos com seus pais, avós, tios. Pergunte-lhes se houve na vida deles um amor impossível, não realizado. Mas, não vão se assustar com a resposta, porque ela sempre será reveladora e, por vezes, dependendo do caso, constrangedora. É assim que é e sempre será".

Quando ela terminou, estávamos em um silêncio maior do que quando começou. Aquelas palavras haviam nos afetado. Parecia um oráculo, em que ela dizia que, em um futuro breve, nós encontraríamos uma pessoa e essa pessoa seria nosso eterno amor da fase romântica da literatura. No entanto, igual a uma bomba que cai e fere, aquelas palavras também me fizeram lembrar de meu pai e de Viúva Negra de Íris Amarela. Ele era o amor impossível dela e vice-versa. Fiquei mal por alguns instantes. Mas me conformei. Naquele momento, passei a amar Professora Mestra e pensei se ela poderia ser o meu amor impossível.

Quando a aula estava por terminar, pedi a palavra e me dirigindo à Professora Mestra, perguntei: "Você pode nos dizer quem é seu amor impossível?". A sala inteira riu, porque ninguém esperava por aquilo, nem mesmo ela. Seu rosto se avermelhou, ela estava em estado de choque. Então, respondeu: "Toda regra tem exceção. Eu sou exceção".

Sorrimos novamente, enquanto nos retirávamos. Eu sabia que havia tocado seu íntimo. Sabia também que, naquele dia, nos conectamos além do normal. Quando estava saindo da sala, olhei de lado e a vi me fuzilando com os olhos, como quem dissesse: "Você me paga!". Soltei um sorriso cínico, e ali começou a nossa história. Dias depois, eu colocaria à prova o desafio feito pela Professora Mestra. Foi a pior coisa que fiz na vida de minha amiga Escura.

CAPÍTULO LVIII

UMA LETRA

Depois que voltamos a conversar, nossas ligações tornaram-se mais frequentes. Princesa Cantora me disse que sua música havia evoluído muito, suas composições, antes imaturas, davam lugar a letras ajambradas. Como eram feitas por ela e para ela, era fácil achar o tom. Aos poucos, seu repertório ia crescendo até chegar àquilo que, para ela, foi o auge: apresentar-se no auditório principal da PUC, em um sarau organizado no curso de filosofia. Ela cantou a seguinte música:

Não quero mais temer o medo,
que o medo não teima comigo.
Se acaso ele vier, eu solto.
Se ele não soltar, eu berro.
Se eu não conseguir berrar, eu morro.
e se eu morrer
Renascida, vivo,
porque o que meu gozo quer me dizer, mulher,
o que meu corpo quer que a gente saiba?
Meu corpo quer me conhecer.
Meu corpo quer que a gente saia
da toca,
da broca,
do chão e do mal,
do escuro, inseguro,

desse baixo astral.
Meu gozo quer me gozar.
Por isso, não me seguro.
Empurro esse estresse.
Meu corpo merece
Vestir a nudez
O que seu gozo quer te dizer, mulher?
O que seu gozo quer que você saiba?
Seu corpo quer te conhecer.
Seu corpo quer que você saia
da toca,
da broca,
do chão e do mal,
do escuro, inseguro,
desse baixo astral.
Seu gozo quer gozar você.
Por isso, não se segure
Empurre esse estresse.
Seu corpo merece
Vestir a nudez.

Eu a ouvi e tive muito orgulho de minha irmã. Sozinho em meu quarto, pensei naquela letra e no caminho que ela havia escolhido para dar voz a seus pensamentos. A letra falava de Rainhas Primeira, Segunda, Terceira. Falava da avó, das tias e de todas as matriarcas da família, que tiveram que segurar a loucura dos homens e, com isso, anularem-se. Falava, também, de um tempo em que era necessário romper com tudo isso.

Vivemos em um mundo moderno, claro. Mas os homens ainda não compreendem que as mulheres também têm necessidades, desejos e paixões. Está havendo uma evolução evidente. Ao optar por falar sobre isso em suas músicas, ela estava dando segmento ao movimento do sufrágio universal, ao movimento das mães da praça de maio e, principalmente, ao movimento individual, único, que deveria ter em cada mulher, como se cada uma fosse responsável por abrir cada vez mais o mundo que as cercava.

Quando ela cantava para as mulheres da família, elas se sentiam representadas, indistintamente às preferências políticas. Era esse o diferencial de suas composições. Logo, logo ela ia começar a se destacar no cenário musical. Então, ela me disse que após a apresentação no auditório da PUC, estava se sentindo uma verdadeira artista, porque pessoas desconhecidas a procuravam para tirar foto. Como se vê, era um bom sinal!

CAPÍTULO LIX

O PEIXE MORRE PELA BOCA

Estávamos sentados em frente à lareira. Era inverno, as ruas de Paris estavam cobertas de neve, e os aquecedores das casas trabalhavam intensamente. Era aniversário de Escura. Tios, primos, avós, toda a sua família estava reunida em seu lar. Conversávamos ao léu e ouvíamos histórias, rindo, bebendo e nos divertindo. Em certo momento, eu cometi um deslize absurdo: a aula de Professora Mestra havia me afetado sobremaneira. Eu não conseguia esquecer aquele desafio e o lancei para o grupo.

Quando as conversas estavam frias, quando todos estavam absortos em pensamentos, eu disse: "Tive uma aula de literatura falando da fase romântica. A professora lançou um desafio e gostaria de colocá-lo à prova. Vocês aceitam?". Diante da curiosidade daquele grupo, todos disseram que sim. Continuei: "Ela disse que uma das características da fase romântica é o amor impossível. Segundo ela, todos vamos passar por isso em algum momento da vida. Vocês tiveram isso?". Depois que eles pararam de rir, senti que os havia provocado. Então, cada qual começou a falar sobre os amores perdidos, os nomes, as lembranças, os acontecimentos da vida pregressa. O assunto estava leve e engraçado, até que perguntaram à mãe de Escura quem tinha sido o seu amor impossível. Percebi que ela se constrangeu. Olhou para o marido. Ele fechou o semblante, como se dissesse: "Não conta". Mas ela contou.

Contou que havia sido um homem de sua cidade natal. Ela era jovem, ele também. Mas as famílias não combinavam, tal qual a história de Romeu e Julieta. Por isso, ele havia se tornado o amor impossível dela. Para quê? A festa terminou naquele instante. Seu marido se levantou, subiu as escadas e foi para o quarto. Nós ficamos sem entender nada. Quando todos foram embora, me aproximei de Escura e pedi desculpas. Ela aceitou. Porém, o estrago estava feito. Uma semana depois, Escura receberia seu mais nefasto presente de aniversário atrasado: o pai dela havia saído de casa e não voltaria nunca mais.

Acabava ali minha estada gratuita. Financeiramente, isso não era um problema. Moralmente, aquilo me marcou como a maior inconveniência que havia cometido na vida.

Dizem que o peixe morre pela boca.

CAPÍTULO LX

FONTE DE RENDA

Camille Mensageira havia me ligado dizendo que estava com saudade de sofrer, que estava com saudade de meu falo. Eu ri. Meia hora depois, nos encontramos novamente em um café. Como da primeira vez, conversamos trivialidades e partimos para o "matadouro", como ela gostava de chamar o apartamento que mantinha para os encontros sexuais. Fazia sentido, porque em menos de uma hora matamos nossas saudades, entre gritos e ranger de dentes.

Novamente ela sacou o celular e me fez uma contribuição generosa. Antes de eu dizer que aquilo não era necessário, ela me fez uma proposta. Disse que tinha uma amiga que ia gostar muito de me conhecer. Estava meio incrédulo com aquilo. Eu tinha dezessete anos, dali a seis meses completaria dezoito e havia conhecido apenas duas mulheres na vida. Permiti que ela passasse meu contato.

No dia seguinte, a amiga de Camille me ligou, nós saímos, transamos e novamente fui pago. Só que não parou por aí. A amiga passou meu contato para outra amiga, que passou meu contato para outra amiga e, quando fui perceber, eu já havia ficado com dez mulheres. O melhor de tudo era que eu estava começando a ficar rico.

Lembrei-me de uma aula de Professora Mestra, em que ela contava sobre *O Amor nos Tempos do Cólera*, um livro de Gabriel García Márquez, que conta a história de um personagem frustrado pelo amor impossível. Depois de conhecer sua amada e de terem terminado o relacionamento, o protagonista começou a transar com inúmeras mulheres. Um detalhe interessante era que ele comprou uma agenda, onde anotava o número, o nome, a data e a hora que havia transado com todas. Eu gostei daquela ideia! Fui a uma papelaria, comprei uma agenda e comecei a anotar todos meus relacionamentos sexuais. Quando percebi, já havia virado um garoto de programa de mulheres abastadas e carentes. Meu corpo e meu falo haviam se transformado em fonte de renda.

Depois de meu gesto inconveniente na casa de Escura, quando não havia mais clima para morar ali, eu já tinha dinheiro suficiente para morar sozinho. Então, naquele momento, me lembrei da primeira profecia de Prostituta Tirésias, a Cega. Ela disse: "Você será o melhor amante do mundo!".

CAPÍTULO LXI

SOCIALISMO VERSUS CAPITALISMO

Uma vez presenciei uma conversa entre Tio Preferido e meu pai. Meu tio havia lhe perguntado como ele diferenciava uma pessoa socialista de uma pessoa capitalista. Eu ouvi a seguinte resposta: "A diferença do socialista para o capitalista é que o primeiro nunca vai juntar um milhão de dólares, porque antes de juntar, ele já distribuiu o dinheiro". Tio Preferido riu e concordou com ele. Devo admitir, meu pai tinha razão. Comecei a ganhar tanto dinheiro, a gastar com tantas futilidades, a viajar, a beber e a comprar tudo que minha falsa necessidade achava que eu precisava que entendi que nunca conseguiria juntar um milhão de dólares. Eu distribuía tudo antes.

Há muito já havia saído da loja de perfume. Minha fonte de renda agora era meu corpo. Por isso, eu ia à academia diariamente, malhava e, por consequência, ficava mais bonito. Eu havia me tornado, também, um homem mais interessante, porque Professora Mestra me ensinava sobre literatura e minhas mulheres me ensinavam sobre a vida. Esse ciclo virtuoso me transformava cada vez mais em sol. Quando eu chegava nos ambientes, minha presença era percebida em segundos. Estava começando a me sentir um rei. Mas, não queria repetir aquele reinado pérfido e sujo de meu pai. Eu queria construir um conto de fadas e o dinheiro me ajudaria nesta tarefa.

CAPÍTULO LXII

DORIAN GRAY

Dizem que os franceses não tomam banho. Mentira. Eles tomam. O que eles não fazem é lavar roupa como frequência, porque a maioria dos apartamentos simplesmente não têm área de lavanderia. Sendo assim, eles ficam com preguiça de lavar roupas no chuveiro e as roupas que usam exalam mal cheiro constantemente. Foi por causa desse fato que nasceu a lenda de que não tomam banho. Eu sabia disso pelas inúmeras vezes em que me mudava de cadeira, dentro da sala de aula, quando sentia um odor estranho de um colega e percebia que vinha da sua roupa.

Por esse motivo, decidi alugar um apartamento que não tivesse esse problema. Minhas vestes precisavam estar intactas, limpas e cheirosas, porque isso fazia toda a diferença com minhas clientes. Aluguei um apartamento no centro de Paris. Caro! Eu podia pagar. Ele era espaçoso, tinha três quartos, uma sala grande e, no quarto principal, havia uma suíte. Nele coloquei alguns objetos de decoração e um porta-retrato com a foto em que eu estava com Enteada, aquela que Rainha Terceira havia tirado no sítio. Gostava daquela foto! Ela me trazia boas lembranças e foi a única coisa que permiti ficar em meu ambiente favorito.

O apartamento tinha uma área de lavanderia espaçosa, onde minha diarista fazia todo serviço que eu não conseguia fazer. Era naquele apartamento que eu recebia minhas mulheres. Os vizinhos estranhavam aquele entra e sai de todo tipo de mulher. Alta, baixa, morena, negra, loira, eu não fazia distinção. Quando me perguntavam, dizia que eram irmãs, primas, amigas... Eles sabiam que havia algo estranho. Porém, como não podiam fazer nada, olhavam e se calavam. Até que um dia, um jovem vizinho me encontrou na escadaria do prédio e, depois de algumas palavras, me disse: "Você se parece com Dorian Gray". Aquilo me intrigou. Por que eu me parecia com Dorian Gray? Nunca havia ouvido falar naquele homem.

Subi ao meu apartamento, abri meu laptop e pesquisei na internet. Dorian Gray era o protagonista do livro *O Retrato de Dorian Gray*, de Oscar Wilde. Eu não iria lê-lo, claro, eu era da Geração de Tela. Mas assisti ao filme e tudo mudou. O personagem era a personificação da síndrome da eterna juventude. Para se manter nessa fase da vida, ele havia pedido a um pintor que o retratasse em um quadro. Então, quem envelhece, com o passar dos anos, é o quadro, e não ele. Aquele era seu maior segredo. Ele escondia o quadro no sótão de uma casa. Enquanto o quadro existisse, ele seria sempre jovem e, ainda por cima, rico, sedutor e viril. Exatamente como eu era.

Naquele momento, eu entendi as palavras de meu vizinho e dei-lhe razão. A partir daquele episódio, eu matei em mim o menino que havia nascido no Brasil, matei meu passado, minhas lembranças para me transformar em Dorian Gray. Quando todos me perguntavam como me chamava eu dizia: Dorian Gray, ou simplesmente Dorian.

Então, escolhi a fotografia em que estávamos eu e Enteada como meu retrato. Eu precisava preservá-la, porque em minha mente, enquanto ela existisse, ela envelheceria; mas eu, não. Por isso, nunca, ninguém deveria tocá-la.

CAPÍTULO LXIII

PROFESSORA MESTRA

Faltavam trinta dias para a minha formatura. Estava radiante, porque Rainha Segunda, Irmã Morena e Princesa Cantora viriam para presenciar este grande acontecimento. Elas ficariam em meu apartamento, e isso era motivo de orgulho para mim. Eu mesmo havia comprado as passagens para elas. Mesmo que minha mãe estranhasse tanta riqueza, ela aceitou de bom grado. Porém, não sem antes dizer que eu teria de explicar como estava ganhando tanto dinheiro. Isso era um problema que eu tinha de resolver. Mas, por ora, eu resolveria outro.

Estava flanando pelas ruas de Paris quando, em um café, avistei Professora Mestra. Ela estava radiante em seus quarenta anos. Seu cabelo estava preso como um rabo de bezerro e lindamente vestida em um sobretudo. Ela era morena clara e usava óculos que a deixavam ainda mais intelectual. Quando ela me viu, me chamou. Eu me sentei à mesa e começamos a conversar. Por pouco tempo. Ela sabia que havia chegado a hora. Eu não tinha dezoito anos ainda, mas minha aparência era de um homem feito, não de um menino. Ela sabia o risco que estava correndo. Sabia que aquele gesto poderia rasgar seu diploma e levá-la a júri por assediar um aluno menor de idade. Contudo, ela sabia também que não haveria outra oportunidade. Dali a um mês, eu me formaria e nunca mais nos veríamos.

Meia hora depois, entramos em meu apartamento. Assim que fechei a porta, segurei naquele cabelo. Lembrei-me do dia em que segurei no rabo do bezerro, pois assim como aquele animal, eu precisava domá-la. Abracei-a violentamente e a beijei como há muito queria fazer. Em menos de um minuto, estávamos em minha suíte. Mais uma vez, os gritos eram ouvidos pelos meus vizinhos. Uma hora depois, quando terminamos, ela acendeu um cigarro. Enquanto a fumaça se transformava em formas geométricas, eu perguntei — perguntei, porque ela sabia e queria que eu perguntasse: "Quem foi seu amor impossível?".

Ela soltou uma gargalhada gostosa e continuou a olhar para o teto. Depois se virou para mim e disse: "Você é terrível! Eu quis te matar naquele dia. Você conseguiu me deixar sem graça na frente de meus alunos!". Eu sorri de volta e falei: "Não resisti. Me desculpe, mas não resisti". Então, ela sorriu novamente e falou: "Tem tanto tempo! Eu tinha vinte e cinco anos. Ele foi meu orientador no mestrado. Era mais velho. Tinha cabelos grisalhos. Eu amo homens de cabelos grisalhos! Aos poucos, fomos nos envolvendo. Ele me ajudava nas pesquisas. Um belo dia, aconteceu. Estava em casa, ele me visitou. Nos beijamos e transamos. E eu o amei perdidamente!".

Eu ouvia tudo. Por instantes, tive pena dela. Então, perguntei: "E por que não deu certo?". Ela disse: "Porque ele era casado. A porra do cara era casado! E não quis se separar da esposa. Dois anos depois, nos separamos e eu o carrego comigo até hoje". Eu falei: "Deixa eu te contar uma coisa? Se houver vidas passadas, você foi meu grande amor!". Ela estava muda. Continuei: "A nossa conexão é muito forte! Você, para mim, é uma mistura de meu pai com você mesma. Meu pai também adora literatura. Quando você falou sobre amor impossível, eu já sabia o que era. Sabe por quê? Porque ele também teve um. Um dia, eu estava navegando pelos filmes da Netflix e encontrei o filme daquele livro que você comentou na sala de aula, *O amor nos tempos do Cólera*, e observei dois fatos interessantes sobre esse filme. Quando iniciei minha vida sexual, fiz igual ao protagonista da obra, comprei uma agenda onde passei a anotar todos os casos amorosos. Nessa agenda, coloco o número, o nome, a data e a hora das minhas transas. Eu dou número às mulheres".

Ela estava muda e começou a rir de uma forma como eu nunca havia visto. "Eu não acredito que você faz isso! Você vai me colocar nessa agenda? Qual será meu número?". Levantei-me da cama, peguei a agenda, abri e mostrei a ela: "Você será a de número 300". Ela aumentou o volume da gargalhada e disse: "Meu Deus! Eu transei com Don Juan e não sabia". Continuei: "O outro fato que quero lhe falar sobre esse filme é que os amores impossíveis talvez não sejam tão impossíveis assim. Às vezes, tudo é só uma questão de tempo. Preste atenção no casal do filme. O que acontece no final? Compreende? Vá atrás de Orientador. Escreva seu final, porque, no fim, a vida é feita em capítulos e você precisa mudar o final deste capítulo".

Ela olhava para mim com paixão. Estava deitada em meu corpo quando terminei de falar. Levantou a cabeça e disse: "Tem certeza de que você tem dezessete anos?". Eu a abracei ternamente. Enquanto a abraçava, perguntei: "Você acha que pode ser meu amor impossível?". Ela sorriu e respondeu: "Não, menino. Não. Não é assim que acontece. Não é de forma aleatória". Diante dessa resposta minha curiosidade aumentou, então perguntei: "E como acontece?". Ela suspirou: "Não existe uma fórmula. Mas, uma coisa eu posso lhe garantir. Preste atenção nos olhos da sua amada. Os olhos vão te dizer quem será seu amor impossível". Aquilo mexeu comigo. Mais uma vez, lembrei-me de meu pai e de seu amor impossível. Ele a chamava de Viúva Negra de Íris Amarela.

Beijei-a pela última vez. Ela me agradeceu. Por um instante, quando ela estava saindo, esperei que me fizesse o pagamento. Pura força do hábito! Então, lembrei. Não. Ela não era uma cliente. Ela era Professora Mestra, a mulher que me fez entender e reconhecer quem seria o amor impossível de minha vida. Não, eu não a colocaria na agenda. Ela era especial demais para ser apenas um número.

CAPÍTULO LXIV

FORMATURA

Finalmente havia chegado o grande dia! As mulheres mais importantes da minha vida estavam em meu apartamento. Quando minha mãe me perguntou novamente de onde estava vindo o dinheiro que bancava aquilo tudo, eu respondi que era vendedor de perfumes e que, em Paris, perfumes dão muito dinheiro. Mesmo que não tivesse sido convincente, ela engoliu aquela conversa. Logo, mudamos o assunto para o que realmente interessava. Ela me contou como estava a sua vida e que havia decidido se casar com o sargento. No mesmo instante, perguntei: "Mas não era cabo?". Ela sorriu e disse: "Foi promovido". Entre conversas aleatórias, me contou as novidades e sobre como estava feliz, embora seu filho preferido estivesse longe. Deixei-a na sala com Irmã Morena.

Princesa Cantora estava dormindo no quarto. Entrei e fui acordá-la com beijos e abraços. Depois de um tempo, fiz a pergunta que ela já esperava: "Como ele está?". "Está bem", ela respondeu. "Não. Mentira. Não está bem. Ele esperava ser convidado também. Mas nós conversamos, e expliquei a ele que tivesse calma, que o tempo diria a hora certa de vocês se entenderem." "E a memória? Como está a memória dele?", perguntei. Ela continuou contando: "Não está legal. Andamos fazendo uns exames, mas ainda não há nenhum diagnóstico que possa indicar Alzheimer". Fiquei mais tranquilo. Abracei-a mais forte, porque a saudade também se mata com contato.

À noite, fomos para a colação. Era no auditório da escola. Aluno por aluno saía de sua poltrona, recebia o diploma, cumprimentava os professores e retornava ao lugar. Havia chegado o meu momento e, pela segunda vez, eu constrangeria Professora Mestra. Antes de retornar ao meu lugar, fui ao púlpito, peguei o microfone, pedi licença a todos e disse: "Gostaria de agradecer a todos os professores que me fizeram chegar aqui hoje, nesse auditório. Porém, gostaria de agradecer especialmente uma pessoa: Professora Mestra". Virando-me para ela, continuei: "Ainda é cedo para medir a importância que você teve na minha vida. Mas, eu sei que, um dia, seus ensinamentos sobre literatura e sobre a vida, vão me servir para orientar meus caminhos. Por isso, muito obrigado por tudo. Levarei você comigo por onde eu for!".

Ela me odiou novamente e teve vontade de me matar mais uma vez. No entanto, aquele discurso espontâneo foi tão lindo que todos se levantaram e aplaudiram. Fui em sua direção, abracei-a fraternalmente e voltei ao meu lugar. Quando cheguei, encontrei Princesa Cantora, Irmã Morena e Rainha Segunda em lágrimas.

CAPÍTULO LXV

VIÚVA NEGRA DE IRIS JABUTICABA

No Brasil, mais propriamente no estado de Goiás, há uma cidade chamada Hidrolândia. Naquele município, há a maior plantação de jabuticaba do mundo. Havia um Garcia que morava lá, primo de meu pai. Quando íamos visitá-lo, era naquela plantação que eu passava horas chupando minha fruta preferida, de forma que, onde houvesse uma jabuticaba no mundo, eu saberia reconhecê-la.

Havia dois anos que eu havia me formado. Meus aprendizados em literatura, com meu pai e com Professora Mestra haviam me levado, naturalmente, a escolher o curso de comunicação e de jornalismo na Sorbonne. A partir dali, minha fama como Dorian Gray explodiu. Eu era desejado.

Havia também dois anos que minha agenda não parava de ser preenchida. Estava no número 521. Aos poucos, meu lado capitalista e meu lado socialista começavam a se entender. Continuava a fazer tudo que o dinheiro me proporcionava. No entanto, entendi que reservas eram importantes e me equilibrei. Estava um pouco cansado daquela vida! Em meio a tantas mulheres, algo me incomodava. Pensava: *"Se meu filho não pode seguir meus passos, esses passos não são bons"*. De vez em quando isso me vinha à mente. Mas ainda não era hora de pensar naquilo. Eu não tinha filho.

Então, aconteceu! Estava na Pallais Maillot, minha balada preferida. Sozinho, observava as pessoas dançando quando, na ponta do balcão, ela apareceu. Morena, cabelos volumosos, lindamente vestida em um corpo alinhado, medindo talvez um metro e setenta. No mesmo instante, olhei nos olhos dela e vi. Eram olhos jabuticaba. Eu reconheceria aquela fruta em qualquer lugar do mundo.

Afoitamente, me aproximei e disse: *"bonne nuit"*. Percebi que ela ficou constrangida, já que seu francês não era bom. Porém, com meia dúzia de palavras, me disse que não era dali. Era brasileira. Logo trocamos o idioma para ela ficar mais à vontade. Havia nascido no interior de Minas Gerais, era médica e estava em um congresso na cidade Luz. Não disse mais nada. Nem mesmo seu nome. Aquilo definitivamente não interessava.

Depois disso, começamos a nos beijar. Eu não consegui resistir àqueles olhos jabuticaba. Meia hora depois, entramos em meu apartamento. Tiramos a roupa e minha quingentésima vigésima segunda mulher passaria a ser a melhor transa da minha vida. Nunca. Nunca havia experimentado nada igual. Meu preservativo havia acabado. Eu sabia que seria loucura fazer aquilo. Mas nada poderia me conter. Em um gesto louco, ejaculei dentro daquela mulher. Quando terminamos, pedi-lhe que tomasse a pílula do dia seguinte e dormimos feito anjos que éramos.

No outro dia, pela manhã, acordei e entrei em minha suíte para tomar banho. Quando saí, encontrei-a já vestida. Seus olhos jabuticaba estavam vermelhos, como se chorasse. Ela estava nervosa! Então fechou a porta do quarto, abriu a porta da sala e fugiu da minha vida, como um passe de mágica. Eu corri atrás dela pelas escadas. Mas lembrei que estava apenas de toalha. Então retornei, me sentei no sofá da sala e fiquei pensando naquele gesto. Entrei no meu quarto e vi uma coisa que me afetaria pelo resto da vida: minha foto estava no chão!

O vidro do porta-retrato estava quebrado. Ela havia tocado no quadro de Dorian Gray. Aquilo era terrível! Eu o coloquei de volta na estante. Depois, me deitei na cama e me lembrei da dica da Professora Mestra: *"Preste atenção nos olhos"*. Assim, percebi que era ela! Eu tive a certeza de que havia encontrado meu amor impossível! Novamente, pensei em meu pai e, então, a batizei como Viúva Negra de Íris Jabuticaba.

CAPÍTULO LXVI

O MENINO QUE ROUBAVA LIVROS

A literatura já havia entrado definitivamente na minha vida. Em meu curso na Sorbonne, eu comecei a aprender técnicas literárias, a estudar grandes autores, a conhecer o universo maravilhoso que havia em cada história. Tudo isso, sem ter lido um livro sequer na vida. Até o momento que me surgiu uma vontade estranha: conhecer uma livraria. Entrei na Parci Parla e comecei a observar aquele vasto mundo.

Quando estava saindo, um livro me chamou a atenção: *A Menina que Roubava Livros*.

Achei curioso aquele título. Mas, não o adquiri. Eu não ia lê-lo. Como eu era da Geração de Tela, preferi sacar meu celular e pesquisar na Internet. Descobri que havia virado filme. Pouco depois, estava em meu apartamento. A história falava de Liesel, filha de uma comunista perseguida pelo nazismo. Ela foi adotada por um casal alemão e se afeiçoou pelo pai adotivo que havia a ensinado a ler. A história se passa na Segunda Guerra Mundial. Naquela época, a venda de diversos livros literários foi proibida pela Alemanha nazista, principalmente, os que ela mais gostava. Por isso, ela começou a roubar livros com temas marxistas.

Entre outras coisas, o filme falava da importância dos livros na formação dos leitores — ainda que eu não me importasse com isso. Após o término da guerra, ela se casa, tem três filhos e morre aos noventa anos. Eu ainda não sabia por que aquela história tinha chamado minha atenção. Porém, ela serviu para me despertar uma ideia fascinante e louca ao mesmo tempo. Essa ideia, anos e anos depois, me tornou conhecido como "o menino que roubava livros."

CAPÍTULO LXVII

HERANÇA

Perdoe-me, leitor. Como tem visto, tenho escrito minhas lembranças por partes, sempre em capítulos curtos. Mas peço que me abra uma exceção. As coisas que tenho a contar, neste momento, são muito importantes na minha vida. Me ferem. Me machucam. Por isso, a prolixidade.

Aos vinte anos, atendi a pior ligação de minha vida. Princesa Cantora estava do outro lado da linha, pedindo que eu voltasse para, juntos, internarmos nosso pai. Eu estava em meu apartamento. Quando desliguei o telefone, meu mundo ruiu. Eu desabei a chorar na cama. O que havia dentro de mim que não conseguia perdoá-lo? Sim, ele me havia feito mal na vida. Sim, com seu *Donjuanismo*, com seu jeito louco de ser, eu tive uma infância horrível, medonha!

Por outro lado, ele tinha sido bom. Ele brigara pela minha guarda, construíra meu primeiro quarto maravilhoso e equipado com um computador de última geração. Ele me ensinara boas coisas. Mas, eu ainda não o havia perdoado. O pior é que, mesmo se eu quisesse, mesmo se pudesse, não haveria mais como fazê-lo. Ele estava entrando no segundo estágio do Alzheimer. Por isso, ainda que eu parasse na sua frente, o abraçasse e dissesse que o amava, ele não entenderia nada disso.

Reuni minhas forças e, vinte e quatro horas depois, Princesa Cantora me buscava no aeroporto de Confins. Depois que o internamos, com o coração dilacerado, deixei Princesa Cantora em sua casa e saí com Primo Primeiro e Primo Segundo. Havia anos que não os via. Entre uma cerveja e outra, atualizamos nossas histórias. Mas, na verdade, eu não estava ali. Não tinha cabeça para aquilo. Então, no momento que o álcool começou a subir, eu me lembrei de algo que havia planejado em Paris e precisava realizar.

Paguei a conta, me despedi de meus primos, peguei um Uber e me dirigi ao condomínio onde meu pai tinha morado por tantos anos, onde eu havia sido feliz. Meu rosto ainda estava cadastrado no computador da portaria. Embora estivesse mudado, ele era reconhecido. Isso me fez muito mal. Imaginei que, talvez, meu pai nunca havia tirado minha foto de lá para que um dia eu entrasse, descesse as escadas da lateral da casa e o abraçasse. Mas, isso era só uma viagem! Nunca mais saberia de suas ideias, de seus planos, de seus objetivos, porque nunca mais ele os teria. O terceiro estágio chegaria e sua mente se apagaria em um mar de solidão.

Já na parte de baixo, encontrei tudo exatamente como havia deixado cinco anos atrás. Estava escuro. Eu acendi todas as luzes e vi a churrasqueira, onde por tantas vezes ele fizera a carne que eu amava: várias picanhas mal passadas saíram dali para alimentar minha fome. A piscina onde brincávamos de Marco Polo, em que o caçador, vendado, grita "Marco", e os participantes tinham que gritar "Polo", para o caçador conseguir pegá-los. Eu nadava naquela imensa piscina e, depois de cansar de procurar alguém e não achar, meu pai se permitia ser encontrado. Estranhamente, a piscina havia diminuído, ou eu havia crescido.

Logo ao lado, o *spa* que ele havia construído para os dias de frio. Ele o enchia e colocava na temperatura de quarenta graus. Nós entrávamos naquela água aquecida e ele colocava uma mesa no centro para ficarmos jogando truco. Na lateral direita da casa, seu pé de uva imenso cobria todo o estaleiro que meu pai havia construído para recebê-lo. Cachos e cachos pairavam sobre minha cabeça. Mais ao fundo, um aparelho de musculação, enferrujado pelo tempo. Lembrei-me do que ele me disse no dia que comprou: *"A vida é equilíbrio. Temos que cuidar do corpo e da alma"*. Era estranho ouvir aquilo de um desequilibrado. Mas, ele era assim.

Abri a porta principal, uma enorme porta feita de madeira e de vidros. Sua sinuca vermelha e grande estava intacta. Ao lado, a mesa de ping pong, na qual ele, por tantas vezes, tentou me ensinar a jogar. Sem êxito. Na lateral esquerda da sinuca, uma grande parede vermelha, onde ele guardava o molinete que eu havia usado para pegar duas traíras.

No centro da parede, um quadro louco, pintado por Tio Ator que, àquela altura, brilhava na Netflix. Na minha infância, lembro-me de que toda vez que descia para buscar algo na geladeira, eu fechava os olhos para não ver aquela pintura. Tinha medo. Ao lado da parede, a cozinha conjugada. Lá, ele havia construído o fogão de lenha que aquecia nossos invernos e de onde saiam os melhores tropeiros que comi na vida. Em cima de uma janela, uma escultura de latão, que ele dizia ser a representação mais perfeita de Manuelzão, um personagem de Guimarães Rosa, no livro Manuelzão e Miguilim, comprada de um escultor em Cordisburgo. Ele o havia pintado de cor-de-rosa. Assim, quando lhe perguntavam o que era aquilo, ele dizia: "Manuelzão de rosa". Era um trocadilho com o personagem e com a cor. Ele amava dizer aquilo.

No canto do grande salão, a adega em que ele guardava as aguardentes compradas em Salinas, cidade ao norte de Minas, famosa pela fabricação de pinga. Ao lado da adega, um mural de cortiça, repleto de fotos dos Coutinho, Garcia, Carvalho, que ele havia feito para lembrar dos mortos e dos vivos. Ali, estavam Tio Anjo — que ele dizia ter sido seu melhor amigo —, Tio Preferido, Tio Intelectual, Tia Preferida, Tia Filósofa, Tio Trismegisto, Tia Poliglota, Avô Paterno com sua linda amada. Havia também Rainhas Primeira, Segunda e Terceira. Mas a mais linda de todas era a foto de Princesa Cantora me abraçando. Eu ainda bebê, vestido em um macacão azul. Aquele mesmo bebê que Rainha Segunda havia colocado em seus braços na tentativa de dissuadi-lo da ideia de nos abandonar.

Sentei-me à mesa onde, por tantos anos, nós fizemos nossas refeições. Quando olhei para a frente, no centro da janela, vi uma coruja de cerâmica que ele tanto amava. Ele dizia que aquela coruja havia mudado sua vida porque ele havia se inspirado nela para criar, junto com Tio Trismegisto, um produto que havia lhe dado condições de terminar sua casa e, consequentemente, nos dar a vida rica que temos: o Energético Olhão. Ele a amava também, porque ela era o símbolo da filosofia, curso em que era formado e que inspirou a escolha de Princesa Cantora, diante das inúmeras possibilidades para fazer o ensino superior. Ele a amava porque dizia que ela servia para nos inspirar, para enxergar o que ninguém enxergava. E eu enxerguei. Um belo dia, em Paris, dentro de uma livraria, eu enxerguei. Levantei-me, abri a enorme porta que dava para a boate, para a sala de televisão e para a biblioteca que eu nunca tinha entrado, que ele havia construído para receber os milhares de livros que tinha. Minhas lágrimas não secavam porque naquela sala, nós assistíamos a filmes e, principalmente, assistíamos ao meu Cruzeiro e ao Atlético dele.

Era hora de subir. Era hora de subir as escadas daquela casa, pela última vez, para concretizar a ideia que havia tido semanas antes. No andar de cima, visitei os quartos. Sua grande suíte, com a jacuzzi que havia comprado para relaxar. O quarto que era de Tio Trismegisto, quando ele foi morar com meu pai. O quarto de Princesa Cantora, onde ela foi feliz junto com os amigos. Finalmente, meu quarto, que ele construíra para me comprar e que eu adorei me vender.

Quando o abri, tive absoluta certeza de que ele estava fechado há cinco anos. Teias de aranha se formavam no teto. Meu guarda-roupa sem portas estava empoeirado. Minha mesa de jogos encoberta pela saudade e uma camada de poeira enorme. Ali estava meu computador, meu enorme computador, onde eu joguei *LOL*, *Fortnite*, *Minecraft*. Parecia que ele ainda estava habitado pelos fantasmas, meus amigos virtuais. Eu ouvia as mesmas vozes que ouvi durante anos, quando colocava meus fones e me esquecia do mundo lá fora. Meu computador havia morrido, à espera daquele menino que sumira, fugira, desaparecera e que nunca mais retornara e, por não suportar a dor, sucumbira em saudade.

Na parede, o quadro que Tia Preferida havia me dado de presente, para eu poder marcar os países que visitaria no futuro. Naquele momento, eu peguei um aviãozinho, coloquei-o na França e nunca mais mexeria em nada daquele ambiente. Fechei a porta do meu quarto, matando-o definitivamente em meu coração. Já havia segurado o choro, quando entrei onde realmente eu queria: em seu escritório-biblioteca, onde por diversas vezes o vi escrevendo seus livros. Estar ali me doía demais! De todos os cômodos, era onde ele mais gostava de ficar, porque, mesmo que seus livros não fossem lidos, ele amava escrevê-los. Eu estava ali justamente para buscá-los.

O motivo de eu querer buscar os livros do meu pai era que eu já estava começando a me cansar de minha vida prostituta. Viúva Negra de

Íris Jabuticaba tinha me transformado. Por isso, eu começava a ter raiva de minhas clientes. No entanto... No entanto, precisava do dinheiro delas. Então, depois que assisti ao filme *A Menina Que Roubava Livros*, me veio aquela ideia fascinante e louca. Eu pensei: *"E, se eu roubasse os livros de meu pai, os reescrevesse por meio de técnicas que eu venho aprendendo na universidade e os lançasse como se fossem meus? Quem poderia saber?"*. Era uma ideia louca, mas poderia dar certo! Se desse certo, eu estaria retirando as frustrações de meu pai ao ser um escritor desconhecido e, mesmo que indiretamente, estaria colocando-o no pedestal dos grandes escritores mundiais.

Outro fator que me auxiliava na decisão era que, por direito, aqueles livros me pertenciam. Imaginando que eles fossem publicados e fizessem sucesso, eu e Princesa Cantora receberíamos os direitos autorais por toda a vida. Não. Não era roubo. *"É herança!"*, pensei.

Abri seu computador empoeirado, procurei em suas pastas e encontrei. Cinco livros estavam ali, mortos pelo tempo, e eu os ressuscitaria. Transferi tudo para o Google Drive, fechei o notebook, respirei fundo, abri a porta de entrada, que dava para a garagem, e aquele lar não seria aberto nunca mais na vida. Eu não precisava alugá-lo ou mesmo vendê-lo. Tinha dinheiro suficiente para viver. Princesa Cantora já havia começado a ganhar dinheiro com sua música. Cada canto, cada cômodo, cada pedaço daquela casa era ele. Eu devia isso a ele. Aquela casa, construída pela mente louca de um escritor, nunca seria vilipendiada. Eu voltaria a chamá-lo de Capitão Fantástico.

Ufa! Terminei. Me perdoe, caro leitor. Como dói contar isso!

CAPÍTULO LXVIII

LIVRO ROTEIRO

De volta a Paris, resolvi me aprofundar em técnicas literárias. Minha agenda de clientes estava no número 621. As mulheres me chamavam, mas eu não atendia. Eu tinha vinte anos e estava cansado daquilo. Estava completamente determinado a reescrever os livros de Capitão Fantástico e lançá-los. Para isso, precisava escolher uma técnica que prendesse o leitor. Já havia estudado muitas, mas me fixei em duas: a europeia e a americana. Descobri algo interessante! As obras europeias eram essencialmente tristes. Em sua maioria, elas terminavam com finais tristes, porque os europeus achavam — e não estavam errados — que, no fim de tudo, a vida é triste. Eles diziam: *"Nós morreremos, lembra?"*. Diferentemente, as americanas sempre terminavam seus filmes e livros com finais felizes. Eles também sabiam que nós morreríamos. Mas, ao contrário dos europeus, eles entendiam que a vida era feita em capítulos e, na maioria destes capítulos, nosso fim é feliz. Se não fosse, todos nós nos suicidaríamos. Eles também não estavam errados.

Professor Mestre me ensinou sobre a técnica de Syd Field, roteirista americano. Finalmente compreendi por que os filmes de Hollywood prendem a nossa atenção: cenas importantes eram colocadas nos lugares certos. Ataque, pinça um, ponto de virada um, ponto central, pinça dois, ponto de virada dois, clímax e conclusão. Como eu era da Geração de Tela, passei a assistir a esses filmes por meses. Depois de um certo tempo, consegui identificar aquelas cenas e, mais tarde, consegui até mesmo prever o que ia acontecer nos filmes.

Isso fez toda diferença porque, a partir daquele momento, eu reescreveria os livros de Capitão Fantástico de acordo com um mesmo padrão. Não importava se os livros dele tivessem cem, duzentas ou trezentas páginas, eu criaria uma fórmula matemática em que as cenas estariam nos lugares certos e nos momentos certos. Dessa forma, o leitor não teria como abandonar as obras. Aquilo me deu uma alegria imensa! Aquela ideia louca começava a tomar forma. Dei a essa fórmula o nome de "Livro Roteiro", porque, caso alguém quisesse adaptá-lo para o cinema, bastava copiar e colar.

CAPÍTULO LXIX

MINHA PRIMEIRA E ÚLTIMA CLIENTE

Camille Mensageira havia me ligado. De todas, ela era a única que eu atenderia. Ao telefone, ela dizia que estava preocupada comigo. Suas amigas estavam reclamando, perguntando se eu havia trocado de número, querendo entender meu sumiço. Eu a convidei para meu apartamento. Quando ela chegou, coloquei-a na sala e lhe contei sobre minhas dores. Estava cansado daquela vida. Desde que Viúva Negra de Íris Jabuticaba havia saído daquele apartamento, correndo, fugindo não sei de quê, minhas ereções não eram as mesmas. Ela riu e disse: "A Boston pode te ajudar". Eu perguntei: "Que raio é isso?". Então ela me explicou sobre uma clínica de tratamento masculina que cuida de ereções e de ejaculações precoces. Eu ri de volta e disse: "Não. Eu ainda não preciso da Boston. Eu preciso do meu amor impossível".

Ela ficou sem entender. Eu contei toda a história e ela me aconselhou: "Vá atrás dessa mulher!". "Onde, meu Deus!", eu retruquei. "Eu não sei nem mesmo o nome dela". Depois disso, desviei o assunto para o que eu queria de fato. Contei-lhe meu maior segredo: "Eu sou escritor. Bem... Assim... Não um escritor, porque ninguém ainda leu o que eu escrevi. Mas, desde os quinze anos, eu escrevo. Eu tenho cinco livros engavetados. Por isso, te chamei aqui. Gostaria que você me ajudasse a tornar esse sonho real". Ela riu e falou: "Meu Deus! Hoje é dia de revelações!".

Ela me disse que, por participar da alta sociedade francesa, havia de tudo em seu círculo de amizades, incluindo os maiores editores da França. Aquela notícia me trouxe tanta alegria, que eu a beijei e a levei para o quarto. Depois dos gritos normais, depois de respirar aquela fragrância maravilhosa, anotei em minha agenda o número 622 e o nome dela. Ela foi minha primeira e era a última cliente. Naquele instante, eu fecharia a agenda para sempre. Ao fim, quando estava indo embora, quando sacara o celular para me pagar, eu agradeci e disse que não precisava. O dinheiro que eu tinha já era o bastante.

Camille moraria em meus pensamentos pelo resto da minha vida, como a mulher que me mostrou um caminho. Ainda que ele fosse pérfido, ainda que não pudesse ser seguido pelo meu filho, era um caminho. Ninguém poderia negar.

CAPÍTULO LXX

GHOST WRITER

Na universidade, eu aprendi com Professor Mestre sobre algo interessante que pouca gente conhece: Ghost Writer. Traduzindo para o português é algo como "escritor fantasma". Normalmente um Ghost Writer é contratado por pessoas abastadas que querem ver suas biografias em livros, mas não têm talento, nem tempo para escrever. Os endinheirados contratam-no, ditam a história e, quando o livro está pronto, assinam contratos com multas altíssimas sobre confidencialidade. O contratante coloca o nome dele no livro e — *zás!* — torna-se escritor. Além de ser uma pessoa de sucesso, também é escritor. Mas é dos ruins, porque a principal característica do Ghost Writer é a incompetência. Se fosse bom, assinaria suas próprias obras. Por isso, são tidos como escritores menores, incapazes, de talento duvidoso.

Era difícil, para mim, reconhecer isso. Porém, Capitão Fantástico havia se transformado, naquele momento, no meu Ghost Writer. Para amenizar, lembrei de Professora Mestra, quando perguntei sobre o amor impossível dela. Ela havia dito: "Toda regra tem exceção". Sendo assim, apliquei a regra da exceção em meu pai. Ele seria o primeiro Ghost Writer talentoso do mundo. Eu precisava acreditar nisso para continuar com meu plano.

CAPÍTULO LXXI

QUANDO OS JOVENS VIRAM DEUSES

A outra característica da Geração de Tela era a aversão aos livros. Desde que tudo em nossas vidas eram as telas, não havia fundamento ficar lendo palavras infinitas para conhecer histórias, principalmente literárias. Quando as professoras de literatura mandavam ler os livros intermináveis, nós buscávamos os resumos, na Internet, e reescrevíamos à nossa maneira. Nossa preguiça em ler era porque aquilo era entediante. Só buscávamos conhecer o enredo dos livros. Contudo, os enredos dos jogos eram fascinantes e nos levavam à curiosidade para ver filmes e séries. Desse modo, os livros perderam importância. Mas as histórias, não. As histórias nunca perdem a importância.

Naquele momento, porém, o hábito da leitura precisava ser criado. Se eu quisesse reescrever os livros de Capitão Fantástico, se quisesse colocá-los sob a minha fórmula, eu precisaria ler meu primeiro livro. Foi o que fiz. Eu precisava fazer. Era parte do plano. Princesa Cantora estranhou quando liguei para ela, perguntando a ordem em que os livros de Capitão Fantástico haviam sido escritos. Estranhou mais ainda, porque fiquei por várias horas perguntando tudo o que ela sabia sobre os cinco livros dele. Ela foi fundamental em minha carreira. Haveria um dia em que ela saberia de tudo. Mas não agora.

Foi dessa forma que o livro "Quando os Jovens Viram Deuses", escrito em terceira pessoa, foi o primeiro livro que li na vida. Ele tinha sido o primeiro romance de meu Ghost Writer favorito. Eu me tornei, naquele momento, o terceiro leitor de Capitão Fantástico. Era um livro que contava a história de dois jovens que partiram a bordo de um veleiro para conhecer o mundo. Mas havia um motivo para isso. Roberto, um homeopata que trabalhava em uma farmácia, em Belo Horizonte, havia sido o quarto caso de AIDS em Minas Gerais. Ao descobrir o vírus, pegou um veleiro que tinha e que estava ancorado em Vitória, chamou a namorada de infância, e os dois partiram para o mundo. Anos depois, o barco foi encontrado no mar do Japão e ninguém sabia o paradeiro dos tripulantes. Aquela história inspirou Capitão Fantástico a escrever o primeiro romance. O final era lindo, porém triste, assim como os finais das obras europeias.

Resolvi mudá-lo. Ao mudá-lo, dei mais vida aos personagens. Passei seis meses reescrevendo a obra, colocando-a de acordo com a minha fórmula. Ao final, ela estava pronta para ser editada.

CAPÍTULO LXXII

EDITORA

Liguei para Camille Mensageira e, dois dias depois, eu estava de frente para a editora da Métallique, uma empresa de porte médio, que costumava editar livros de escritores brasileiros. Era uma senhora alta, de sorriso largo. Vestia-se elegantemente. Ela estava de costas quando chegamos. Quando se virou para nos cumprimentar, meu ser inteiro rejubilou, porque, eu me lembrei... Eu me lembrei dela no mesmo instante em que a vi. Não saberia dizer, naquele momento, qual o número dela em minha agenda. Mas, eu nunca esqueceria aquele rosto. Não sabia o nome. Era péssimo para guardar nomes. Porém, era ótimo para guardar semblantes. Eu comemorava, por dentro, aquela coincidência. Ela ia me editar. Por bem ou por mal, ela editaria meu livro.

Lógico que ela também havia me reconhecido. Eu era Dorian Gray, e meu falo era inesquecível. Como estávamos ao lado de Camille Mensageira, ambos mantivemos discrição. Contei à editora sobre o enredo do livro. Ela achou interessante. Entreguei o original. Quando ela viu aquele calhamaço, colocou os olhos no nome do autor e cinicamente perguntou: "Dorian Gray? Quem é Dorian Gray?". Eu respondi: "Você sabe quem é. Eu sei que você sabe". Ela tremeu. Continuei: "Foi o protagonista do livro de Oscar Wilde. Não é meu nome. Mas é assim que quero ser conhecido."

Ela respirou aliviada! Eu sabia que tinha um ponto a meu favor. Ela, por outro lado, também sabia que teria que ler aquele original com muito carinho. Mesmo assim, esperei um mês, trinta longos dias, para receber a resposta. Sem dúvida, o tempo é relativo, como descobriu Einstein. Aquele período, para mim, na minha cabeça, havia demorado um ano.

CAPÍTULO LXXIII

OS FINS JUSTIFICAM OS MEIOS

Trinta dias depois de deixar o original de "Quando os Jovens Viram Deuses" com Editora Cliente, recebi uma mensagem dela pelo telefone. Mal podia abrir. Demorei, talvez, uns dez minutos, tamanho era o medo. Finalmente, decidi abrir. A mensagem dizia: "Olá, Dorian Gray. Infelizmente nossos avaliadores não aprovaram a obra. Espero que ela seja aceita por outra editora. Obrigado por nos procurar e boa sorte". Mal sabia ela o que a aguardava.

Uma coisa que não contei era que eu havia filmado todas as minhas seiscentos e vinte e duas transas. Em minha agenda, havia a hora e o dia anotados de todas elas. Eu fazia isso para me proteger, claro, mas também para rever as melhores transas. Ainda não sabia que essa ideia seria a segunda melhor que tive na vida, depois da ideia de roubar os livros de Capitão Fantástico. Descobri, em minha agenda, no número 19, o dia e a hora que havia ficado com Editora Cliente. Retirei meu HD do cofre, coloquei-o no notebook e revi a cena. Ela estava sobre mim, cavalgando loucamente.

Editei a cena, salvei o arquivo e dez minutos depois mandei o vídeo para ela. Dois dias depois, recebi outra mensagem e, dessa vez, abri tranquilamente. Estava escrito: "Nossos avaliadores reviram a obra e concluíram que ela tem muito potencial. Com muito orgulho, informamos que o livro 'Quando os Jovens Viram Deuses' será editado pela Métallique".

Maquiavel estava certo: "Os fins justificam os meios". Editora Cliente compreendeu minha mensagem. Ao entender, abriu os caminhos que me levariam ao Olimpo dos Deuses.

CAPÍTULO LXXIV

NO PRÓXIMO EU FUI

Minha mãe me ligou eufórica. Ao seu lado, Irmã Morena me dizia: "Eu te amo". Devolvi aquelas doces palavras infantis com o mesmo entusiasmo. Militar, que a essa altura já havia virado subtenente, também aparecia no vídeo. Minha mãe, então, disse: "Estou te ligando para comunicar que vamos nos casar daqui a um mês e você está obrigado a vir. Não aceito desculpas".

Eu tinha vinte e dois anos. Como em um filme, lembrei das duas vezes que havia entrado na porra do tapete vermelho, levando alianças que foram derretidas pouco depois. Lembrei-me também da Síndrome de Afrodite e do tanto que eu sabia o quanto aquele casamento duraria.

Lembrei-me, ainda, de que, dali a um mês, seria o *vernissage* de meu primeiro livro e eu não queria convidá-la. Por isso, minha resposta foi: "Afrodite, a senhora me perdoaria se eu dissesse que não posso ir? Estou em final de semestre, as provas estão me matando. Tenho que estudar horrores para passar. Talvez no próximo eu vá". Ela sorriu sem graça e disse: "Quem é Afrodite?". Eu respondi. "Não conhece? A deusa do amor e da beleza. Tudo que a senhora é".

Ela sorriu orgulhosa, disse que compreenderia meus compromissos e que nunca me perdoaria pela brincadeira de mal gosto, como dissesse: "Quando eu te vir pessoalmente, você me paga".

E, no próximo, eu fui.

CAPÍTULO LXXV

O GRANDE SEGREDO

Princesa Cantora estava radiante e, ao mesmo tempo, preocupada. Suas músicas já haviam estourado no Brasil e começavam a ser ouvidas pelos quatro cantos do mundo pelo Spotify. Eu havia ligado para ela, convidando-a para vir no lançamento de meu primeiro livro. Ela havia ficado fascinada com a notícia e disse que não acreditava que eu havia seguido os passos de meu pai. Disse também que estava muito orgulhosa por ser minha irmã e que viria, com certeza. Então pedi à Editora Cliente que permitisse Princesa Cantora cantar no lançamento do livro. A Editora não só aprovou, como havia adorado a ideia. Seria o primeiro show internacional de meu porto seguro.

Princesa Cantora estava radiante até chegar em solo francês. A partir daí, ficou preocupada. Em meu apartamento, um dia antes do *vernissage*, esperei minha irmã acordar, tomar café e, quando estávamos na sala, tirei o livro de um envelope e o coloquei em seu colo. Antes de traduzir o título, ela disse: "Que horrível!". Eu também não havia gostado. A capa era um quadro, uma espécie de pintura de uma deusa indiana, com os olhos amarelados e, definitivamente, eu não havia gostado. Mas, era o que tinha para o momento. Pedi a ela que não se atentasse a esse pormenor, mas sim no que havia dentro do livro. Era isso que interessava.

Ela pegou o celular, abriu o Google Tradutor, digitou o título do livro e olhou para mim como nunca havia olhado na vida. Seus olhos estavam arregalados! Ela estava muito assustada. Colocou a mão na boca e foi logo dizendo: "Como assim?". Sorriu de nervoso, porque ela sempre sorria quando ficava nervosa. Então, continuou: "Não estou entendendo nada. 'Quando os Jovens Viram Deuses' foi o primeiro livro de nosso pai".

Eu sabia que não seria fácil. Tentei acalmá-la. Alguns minutos depois, expliquei-lhe o que eu havia feito antes de vir embora do Brasil, naquela vez que fui internar Capitão Fantástico. Ela disse: "Eu não acredito!". Mas foi um "eu não acredito" como se dissesse: "Você não pode fazer isso: é plágio!". Quanto mais eu tentava convencê-la de que aquilo era certo e de que os livros de nosso pai eram nossa herança, mais ela dizia: "Não, não são! Ou podem ser, desde que você coloque o nome dele como autor". Tentei explicar-lhe sobre Ghost Writer e senti que havia feito merda. Só piorou.

Quando falei, no entanto, que aquele livro não era mais o livro de nosso pai, que era um novo livro, escrito conforme uma técnica que poderia prender o leitor até o fim, ela começou a ceder. Quando expliquei que havia mudado o final, que havia dado mais vida aos personagens, ela disse: "Meu Deus! Que loucura!". Mas ao dizer que aquela loucura poderia dar visibilidade às obras de nosso pai, de forma que o mundo pudesse conhecê-las e que, ainda que não tivesse o nome de Capitão Fantástico, era uma forma de mantê-lo vivo em seu Alzheimer, era uma forma de espalhar suas ideias e de mostrar sua criatividade, finalmente ela aprovou.

Por fim, quando eu disse a ela que, uma vez aprovado, mesmo que louco, ela teria que manter aquele segredo para o resto da vida, ela apertou minha mão e disse: "Por você, eu iria a pé do Rio a Salvador". Assim, nos abraçamos naquela loucura! Eu a amei mais do que a mim mesmo, porque sabia que, naquele momento, estávamos unidos por um grande segredo.

CAPÍTULO LXXVI

VERNISSAGE

Havia chegado o grande dia! Depois que os fins haviam justificados os meios e que um vídeo ameaçador havia mudado os rumos da minha história, finalmente eu daria meus primeiros autógrafos. Editora Cliente estava preocupada, pensando que aquilo seria um fracasso. Eu não era conhecido no meio literário, eu não era francês, era apenas um brasileiro de falo grande e chantageador. O que ela não sabia era que, uma semana antes, eu havia feito uma jogada de marketing maravilhosa: mandei o convite de meu *vernissage* para as seiscentos e vinte e duas mulheres de minha agenda pelo WhatsApp prometendo que, se comparecessem ao evento, se adquirissem meu primeiro livro, elas teriam uma noite de amor comigo. De amor, não de sexo. O prostituto que havia em mim estava aposentado. Portanto, elas me teriam e não precisariam fazer nenhum tipo de pagamento.

Aquilo havia dado tão certo que exatas seiscentos e vinte e duas mulheres estavam ali, naquele salão maravilhoso, embelezando e iluminando minha noite. Eu digo seiscentas e vinte e duas, porque havia duas Camille Mensageira: a primeira e a última. Princesa Cantora estranhou o fato de só haver mulheres no *vernissage*. Mesmo estranhando, amou. Afinal, suas letras falavam de mulheres, eram criadas para as mulheres e, como tal, nada melhor do que cantar para centenas delas.

No instante que a voz de minha irmã começou a ser ouvida, todas as minhas clientes se silenciaram. Elas choravam rios de lágrimas, mesmo que não entendessem as letras. A presença de palco de minha irmã era tão magnífica e suas músicas tão universais que as sentir já era o bastante para causar essa emoção. Assim que ela terminou de cantar, eram tantos abraços, tantas fotos, tantos cumprimentos, que se lembrou do dia em que se apresentou pela primeira vez no auditório da PUC, em

Belo Horizonte. Ela compreendeu que havia conseguido tudo que queria na vida: ser famosa.

Depois do show, era a minha vez de dar autógrafos. A maior fila que já vi na vida estava formada e, desde esse dia, passei a amar filas. Depois de três horas, eu havia assinado tantos livros, que minha mão destra estava inchada e dolorida. Passei, então, para a esquerda, até chegar ao último. Camille Mensageira se aproximou. Havia ficado no último lugar da fila de propósito. Eu me levantei, a abracei, senti seu cheiro e a agradeci por tudo.

Quando Princesa Cantora foi embora para o Brasil, Camille Mensageria, que havia sido a primeira e última cliente, entrou novamente em meu apartamento. Naquele momento, eu pensei: *"Tudo tem um preço. É hora de começar a pagar"*.

CAPÍTULO LXXVII

MAU AGOURO

Era a vez de pagar a dívida à cliente de número 19. Ela entrou em meu apartamento, me xingou de filho da puta, me beijou, tirou minha roupa e galopou loucamente de novo. Ainda no quarto, ela se levantou, olhou para a foto que estava na estante, pegou o porta-retrato e perguntou: "Quem são?". Educadamente, eu o retirei de sua mão, disse que eram apenas duas crianças e o coloquei de volta no móvel. Ela havia tocado no quadro de Dorian Gray. Aquilo não era bom!

Mesmo sem entender, ela se vestiu, acendeu um cigarro, sentou-se no sofá da sala e disse: "Seu livro vai ser um fracasso! Escreva o que estou te dizendo. Meus avaliadores não erram. Se eles reprovaram é porque ele será um fracasso. Você nem imagina o tanto de malabarismo que fiz para reverter a sua situação. Argumentei que havia lido, que tinha muito potencial, que aquele seria um projeto particular, que eu bancaria os custos de impressão, de divulgação e de transporte. E vou bancar mesmo, porque seu livro será um fracasso. Acredite". Imediatamente, retruquei: "Como você pode saber? Os americanos dizem, e eles estão certos, que se alguém soubesse a fórmula do sucesso, ficaria trilionário. Ninguém pode prever o que um livro será". Ela olhou no fundo de meus olhos e disse: "Eu posso. Faz trinta anos que trabalho com isso. Quando começarmos a recolher suas obras das livrarias, eu te ligo. Você vai entender que eu estava certa".

Embora aquelas palavras tivessem me deixado preocupado, agradeci sua presença e abri a porta para ela sair. Porém, antes de sair, disse: "A última coisa que quero perguntar é se você ainda se lembra de como termina o filme de Dorian Gray? Um fogo queima o quadro". Em seguida, Editora Cliente ameaçou: "Aconteça o que acontecer, eu vou te destruir. Quando seu ego e seu poder estiverem no ápice, eu serei o fogo que queimará o seu quadro! Ninguém chantageia uma francesa e sai ileso. Não uma francesa do meu nível. O que você fez é imperdoável! E apaga a porra da filmagem de hoje!".

Eu quis pegar em sua mão para pedir desculpas. Abraçá-la, tocá-la. Mas, ela recuou e desceu as escadas, como se tivesse certeza de que aquele mau agouro um dia chegaria.

CAPÍTULO LXXVIII

FRACASSO

Seis meses havia se passado desde o dia em que Editora Cliente havia profetizado sobre minha obra de meu pai. Havia exatos seis meses que eu continuava a pagar o preço pelo sucesso do *vernissage*. Estava na cliente de número 621 quando recebi a ligação dela perguntando se eu gostaria de ajudá-la a retirar os livros que estavam encalhados nas livrarias. Aquele tom sarcástico entrou em mim como uma flecha, acertando meu peito e o transformando em dor.

"Quando os Jovens Viram Deuses" não havia vendido sequer um exemplar além dos seiscentos e vinte e dois do lançamento. Ainda que ficasse em um lugar de destaque nos balcões das livrarias, nem mesmo um único exemplar interessou aos leitores. Parei de fazer a minha cliente de número 621 gritar, desliguei o telefone, beijei-a e pedi que fosse embora. Lembrei-me, então, de Capitão Fantástico. Meu Ghost Writer preferido não era exceção. Era regra.

CAPÍTULO LXXIX

O PRIMEIRO AMOR

Aquela notícia havia me deixado arrasado! Eu precisava sair, flanar pelas ruas de Paris e pensar em como reverter aquele fracasso. Entrei nos Jardins de Luxemburgo, um enorme parque da cidade Luz. Mas, na verdade, eu não estava ali. Meus pensamentos voavam longe, tentando entender como aquela obra não fizera sucesso. A história era linda e tinha um apelo sobre questões de saúde que poderia ajudar os jovens a reforçarem o uso de preservativo. Claro, a AIDS não era o tema principal. Há muito havia saído dos noticiários, como se a cura da doença tivesse sido encontrada. Mas, não foi. Ela ainda matava. Lógico que os medicamentos evoluíram, e o infectado poderia ter uma vida quase comum. Mas, ela ainda matava.

Para piorar a minha depressão, lembrei que nem mesmo as seiscentos e vinte e uma mulheres que passaram em meu apartamento, desde que havia começado a pagar minha promessa, comentaram sobre o livro. Aquela lembrança me deixou arrasado! "Elas não leram", pensei. Estava absorto em um banco do parque quando olhei para frente e vi Escura. No passado, nossa diferença de idade era de dez anos. Agora, ela não existia. Éramos dois jovens e, quando estávamos juntos, ninguém sabia dizer qual era o mais velho. Quando ela me viu, sentou-se ao meu lado. Perguntou-me sobre a vida, os estudos e o trabalho. Eu lhe contei algumas passagens de minha vida relacionadas aos estudos e ao trabalho.

Ela achou tudo interessante. Eu pedi desculpas novamente pelo dia em que havia sido inconveniente. No entanto, ela revelou que eu havia sido somente o *iceberg* que faltava para os pais se afundarem. Aquelas palavras me confortaram. Eu segurei sua mão, olhei em seus olhos e a beijei. Ela seria meu primeiro grande amor, porque os grandes amores chegam no dia em que você mais precisa deles. Eles servem para aplacar a dor da existência.

CAPÍTULO LXXX

UMA LUZ NO FIM DO TÚNEL

Liguei para Camille Mensageira avisando que estava pronto e que ela seria novamente minha última mulher, porque ela era o número 622. Ela estranhou aquela conversa. Mas logo que entrou em meu apartamento, eu expliquei que 622 era meu número de sorte. Portanto, eu queria que ela fosse os dois números: 1 e 622. Ela não entendeu nada do que falei. Eu também não quis explicar, porque logo ela mudaria o assunto, e aquele assunto seria tão mágico que eu passaria uma longa tarde sem sentir o tempo relativo passar.

Ela disse: "Eu li seu livro. Meu Deus! Eu li seu livro e amei! Que história linda! De onde você tirou a ideia?". Aquilo me deixou muito entusiasmado. Eu contei que a história era baseada na vida de um primo de meu pai, um Garcia. Ele era um homeopata e era, também, o quarto caso de AIDS em Minas Gerais. Falei que ele tinha uma namorada de infância e que, juntos, viajaram em um barco, pois ele havia decidido passar seus últimos anos de vida velejando. Ela ficou surpresa: "Então é uma história real?". "Sim", eu disse. "Era uma história real, contada há anos por nossa família e, de tão linda, resolvi escrevê-la. Eu já tinha quinze anos e achava que aquilo não poderia ficar restrito no seio familiar. O mundo precisava conhecer aquela história!"

Ela se apaixonou ainda mais. Contudo aquele definitivamente não era o motivo de sua visita. Então eu a peguei, a levei para o quarto e paguei minha última dívida. Quando terminei, eu estava triste. Ela percebeu e me perguntou o que havia acontecido. Eu disse que Editora Cliente havia me ligado e que o livro era um fracasso, que não havia vendido nem um exemplar sequer além dos que foram vendidos no lançamento. "Óbvio", ela disse. "Como assim?", perguntei. Ela continuou: "Meu amor, você já entrou em uma livraria? Aquilo é um mar de livros. Autores famosos e desconhecidos disputam o mesmo cliente. Como você quer ser vendido naquele ambiente?". Eu lhe dei razão. Ela complementou: "Você tem que fazer algo diferente. Seu livro é um romance lindo e muito didático. Eu o li e tenho certeza de que ele está no lugar errado. Onde você fez o ensino médio?". "No Liceu Internacional de Paris", respondi. Então, ela concluiu: "É lá que ele tem de estar. Você precisa levar seu livro e apresentá-lo ao professor de Literatura. Se ele gostar, vai adotar. Já imaginou quantos livros você vai vender?".

Aquela ideia entrou como um raio de luz em meus olhos e iluminaram um túnel escuro. "Professora Mestra!", gritei. Como não havia pensado nisso antes? Virei-me para o lado, abracei Camille Mensageira e lhe dei tantos beijos que até hoje ela ainda tem o formato de minha boca tatuada em seu rosto.

CAPÍTULO LXXXI

O TEMPO DOS AMORES IMPOSSÍVEIS

Peguei o telefone para ligar para Professora Mestra. No mesmo instante, ele tocou. Era ela. Antes de me lembrar de nossa conexão de outras vidas, atendi: "Eu preciso te ver. Eu preciso te ver. Você está no seu apartamento?". "Sim", eu disse. "Então me espere aí", ela pediu. Entrei em meu quarto, troquei os lençóis sujos por Camille Mensageira, coloquei lençóis novos para recebê-la. "Ela deve estar com saudade de meu falo", pensei. Meia hora depois, ouvi batidas na porta.

Quando abri, ela estava linda, como sempre, porém acompanhada. Ao seu lado, um senhor de cabelos brancos. Achei que era seu pai, mas não era. Ela me apresentou, dizendo: "Este é Orientador". Olhando para ele, ela me apresentou: "Este é Dorian. Simplesmente Dorian". Naquele instante entendi. Ela havia voltado para o seu amor impossível, aquele cujo acontecimento é determinado pelo tempo. Ela me contou, ao lado dele, que depois da conversa que tivemos, resolveu procurá-lo. Havia muito que ele estava separado. Conversaram sobre filosofia, literatura e gastronomia. Quando perceberam estavam se beijando. Depois daquele dia, as bocas de ambos nunca mais se descolaram. "Exatamente assim", ela disse. Então, virou-se para o amado e o beijou na minha frente.

Ao compreender que o tempo do amor impossível havia chegado para ela, falei de minha necessidade. Conte-lhe sobre meu livro e sobre a ideia de Camille Mensageira. Ela amou! Dei-lhe um exemplar de presente. Ela disse que o leria e que, se fosse o caso, o adotaria em suas aulas. Nos despedimos com abraços fraternos. Eu havia dado parabéns aos dois pela coragem de viverem tudo o que tinham para viver. Entrei em meu quarto e sonhei entre lençóis limpos.

CAPÍTULO LXXXII

UM SONHO

Em meu sonho, eu estava com Capitão Fantástico. Estávamos em um avião indo para a Suíça. Descemos em Zurique, pegamos um Uber que nos levaria ao hospital em que ele faria eutanásia. Quase chegando ao destino, o motorista deu meia volta, percorreu alguns quilômetros e nos deixou em uma estação de trem. Três horas depois estávamos em St. Moritz.

Colocamos as roupas de neve, nos equipamos e subimos a montanha, em bondinho. Depois, começamos a descer em uma velocidade tão estonteante, que parecíamos esquiadores profissionais. No fim, lá embaixo, onde todos param, tiramos nossas máscaras e nos abraçamos, comemorando o milagre de seu retorno à vida, porque, de vez em quando, a vida nos deve uma segunda chance.

CAPÍTULO LXXXIII

MAIOR MARQUETEIRO DO MUNDO

Uma semana depois de ter esse sonho, acordei com o toque do meu celular. Do outro lado da linha, ouvi Professora Mestra me dizer que aquele era o segundo livro mais lindo que havia lido na vida. Antes de achá-la exagerada, ela me contou que já o havia escolhido para ser a próxima obra que adotaria em suas aulas de literatura brasileira. Disse, ainda, que precisava de duzentos exemplares para os alunos começarem a lê-lo.

Aquela notícia me deixou tão empolgado e feliz que, assim que ela desligou o telefone, eu liguei para Editora Cliente, dizendo que seu mau agouro talvez não fosse tão mau assim. "Quando os Jovens Viram Deuses" havia sido adotado pelo Liceu Internacional de Paris. Desse modo, eu precisaria que duzentos livros fossem entregues na escola.

Ela não compreendeu nada. Argumentei que as escolas seriam o caminho para aquela obra e que o livro poderia fazer muito sucesso, se fosse trabalhado pelos professores de literatura. Ela riu e disse: "Você é o maior marqueteiro do mundo!".

CAPÍTULO LXXXIV

PERGUNTA SEM RESPOSTA

Diante de duzentos alunos, no auditório do Liceu Internacional de Paris, eu iniciei minha primeira palestra. Eu tinha vinte e três anos. Professora Mestra me apresentou aos alunos. Ela disse que eu havia sido um deles, talvez o melhor. Para não causar frustração e ciúmes, disse que eles também poderiam ser os melhores, bastava estudar e ler. Mal sabia ela que "Quando os Jovens Viram Deuses" havia sido o primeiro livro que eu lera na vida.

Ainda que não pudesse saber quais seriam as perguntas, eu sabia que elas viriam. Isso me dava medo. Eu era o terceiro leitor de meu pai. Ele morreria nessa condição. Ao ler, compreendi muito sobre a obra. No entanto, não era eu quem a havia escrito. Por mais que tivesse me aprofundado, por mais que Princesa Cantora houvesse me dito todo o seu ponto de vista, nós éramos leitores, não autores. Portanto, eu temia que não pudesse responder a determinadas perguntas.

Quando terminei de contar a história de como eu havia escrito aquele romance, começaram as perguntas. Tranquilas. Nenhuma me surpreendeu, porque minha capacidade de atuar superava a realidade. Na última, porém, eu me perdi.

Uma jovem me fez a seguinte pergunta: "Por que você escolheu o nome Roberto para o protagonista? Entre tantos nomes, por que Roberto?". Pensei: "Por que será que meu pai escolheu o nome Roberto?". Tentei puxar pela memória. Nenhum Roberto aparecera na minha família. Se houvesse, eu diria que era uma homenagem a um primo e tudo estaria resolvido. Demorei alguns minutos — que pareceram horas — tentando encontrar a resposta. Todos me olhavam, como se dissessem: "Ele está viajando!". Por fim, quando aquela cena não poderia ser mais patética do que realmente foi, eu disse que Roberto era em homenagem ao cantor brasileiro que Avó Oradeira tanto gostava.

Contudo, minha explicação não convenceu ninguém, nem mesmo Professora Mestra.

CAPÍTULO LXXXV

YIN E YANG

O *Yin* é escuro, passivo, feminino, frio e noturno. O *Yang* é luz, ativo, masculino, quente e claro. Princesa Cantora estava me dizendo isso quando liguei para ela pedindo que me explicasse, pelo amor de Deus, porque Capitão Fantástico dera o nome de Roberto ao protagonista de "Quando os Jovens Viram Deuses". Para me deixar mais aflito, ela precisava fazer aquele preâmbulo sobre *Yin* e *Yang*. Ela sabia por que meu pai havia lhe contado. Depois daquela explicação, disse: "Roberto é o Yang de Rainha Primeira. Só por isso. Simples assim". Compreendi. Eu compreendi que Capitão Fantástico havia colocado esse nome em seu personagem para homenagear seu primeiro amor.

Mesmo que Princesa Cantora não soubesse, aquela explicação também me trouxe luz naquilo que meu pai havia dito havia muitos anos: "Em todo nós, mora o masculino e o feminino. Você não é diferente". Só precisava saber em qual dos meus dois nomes masculinos se escondia o feminino.

CAPÍTULO LXXXVI

SEMENTE

Depois que Professora Mestra havia aberto as portas das escolas para minha obra de meu pai, as coisas começaram a clarear. Ela havia me pedido cem exemplares para presentear cem professores de literatura das mais variadas escolas de Paris. Editora Cliente entendeu a minha estratégia e enviou o livro para todas as escolas da França. Naquele mesmo ano, o livro explodiu, de modo que eu precisava administrar meu tempo entre palestras, universidade e Escura, que àquela altura, era minha namorada.

Comecei a ir a muitas escolas, a viajar pelo interior do país, conhecendo professores, diretores, alunos e respondendo perguntas capciosas. Assim, em pouco tempo, aonde eu chegava, os celulares estavam apostos para as fotos. Eu me sentia um pop star! Na Sorbonne, minha fama havia aumentado. Dorian Gray havia crescido de forma descomunal. Convites para sair, festas, sexo e dinheiro faziam parte do meu universo. Eu comecei a ter tudo que busquei.

Ainda que Escura me limitasse, eu precisava dela. Mesmo que as tentações mundanas me desviassem de meu caminho, eu precisava dela. Era nela que eu me deitava nos fins de semana para assistir a filmes e comer pipoca. Era para ela que eu começava a transferir meu porto seguro do Brasil para a França. Era a ela, também, que eu confidenciava minhas dores, meus medos, meus receios e minhas vontades.

Enfim, ela havia se transformado em meu primeiro amor em muito tempo. Então, ainda namorados, tivemos a mais louca notícia de nossas vidas: seríamos pais. Uma semente começava a crescer dentro de Escura e logo se transformaria em um ser de carne e osso.

CAPÍTULO LXXXVII

ALESSANDRO

Meu pai tinha costume de colocar os nomes nos filhos para homenagear àqueles de quem ele gostava. No caso, eram nomes do campo literário. Ele dizia que havia puxado esse costume de Avô Paterno. Quando Tio Trismegisto nasceu, Avô Paterno foi ao cartório e o registrou como Trismegisto Ney. Ele dizia que era em homenagem a um irmão muito querido. Sua amada, porém, quando leu a certidão de nascimento, brigou, xingou e o fez retornar ao cartório para mudar aquilo. Havia ficado cara aquela homenagem. No fim, ele pagou. Tio Trismegisto continuou a ser Trismegisto. Apenas isso, sem o Ney.

Quando o filho de Dorian nasceu, vindo de Escura, resolvi que seguiria a regra. Eu o registrei apenas como Alessandro, o segundo nome de meu pai. Aquela fofura branca de cabelos vermelhos mudaria minha vida.

CAPÍTULO LXXXVIII

VISITAS QUE NUNCA CHEGARAM

Eu tinha vinte e cinco anos e era pai. Alessandro havia chegado como um furacão em nossas vidas. Ele era tão branco, mas tão branco, que parecia um albino de cabelos vermelhos, assim como a mãe. De repente, o ex-prostituto e Escura se transformaram em babás que passavam noites em claro, à espera de um sono que não nunca vinha na hora certa. Depois do nascimento dele, a saudade de Capitão Fantástico era tanta que eu mal cabia em mim. Entretanto, eu não queria vê-lo. Não tinha nenhum motivo para querer, pois ele era um corpo sem comunicação.

Princesa Cantora havia dito que ele entrara no terceiro estágio do Alzheimer. Sendo assim, tudo havia se apagado de sua mente. Eu, por outro lado, quanto mais via meu filho, mais me lembrava dele, de suas loucuras, de seu *Donjuanismo*, de suas rainhas e de seus súditos.

Apesar de ter ficado triste durante a ligação em que Princesa Cantora me relatou sobre o estado de meu pai, eu também havia ficado feliz, já que ela me informou que vinha me visitar, junto com Irmã Morena, Militar e Rainha Segunda. Eles vinham conhecer Alessandro.

Faltavam quinze dias para eles chegarem quando um milagre desfez todos os planos.

CAPÍTULO LXXXIX

PRIMEIRO MILAGRE

Princesa Cantora havia me ligado de madrugada, mas não conseguiu me acordar. Isso porque eu quase não dormia mais; ou melhor, eu dormia quando Alessandro permitia. Como ele não tinha hora para dormir, eu quase sempre estava acordado. Porém, especificamente naquela noite, eu estava em um sono profundo quando minha irmã ligou. Ao ver a ligação perdida, estranhei o horário. Ela nunca havia me ligado de madrugada!

Retornei por chamada de vídeo. Ela disse: "Príncipe, eu não sei como dizer isso". Eu tremi. Na minha mente veio a imagem de Capitão Fantástico. *"Ele morreu"*, pensei. Ela continuou: "Meu Deus! Como vou te falar isso? Eu não sei o que houve. Ninguém sabe ao certo. O que posso dizer é que nosso pai acordou!". Antes de eu falar qualquer coisa, ela prosseguiu: "Ele acordou! Eu fui chamada ontem pela enfermeira-chefe da clínica. Ela me ligou desesperada e, pouco depois, passou o telefone para ele. Ele pegou o telefone e disse: 'Oi, Princesa. Venha me visitar. Estou com saudades de você'. Meia hora depois, eu estava lá. Levei-o para realizar todos os exames e o resultado surpreendeu. Não há mais nada naquele homem. Os exames mostraram que ele está lúcido, como se o Alzheimer nunca tivesse passado pela sua vida. Não, nem precisa me dizer que acredita, porque eu mesma não acredito. Ele está aqui. Está comigo, no apartamento. Veja!".

Ela pegou o celular e o filmou. Seus cabelos estavam mais brancos, sua pele mais enrugada, mas, sim, era ele. Eu desabei. *"Milagre"*, pensei. Então, eu disse pela primeira vez: "Deus existe!". Dois dias depois, eu, Escura e Alessandro pousamos em Belo Horizonte.

CAPÍTULO XC

O RETORNO

Primos Primeiro, Segundo, Terceiro, Quarto, Quinto, Sexto, Sétimo. Primas Primeira, Segunda, Terceira, Quarta, Quinta, Sexta, Sétima. Tio Maconha e Tia Larica. Tia Favorita e Tio Pana. Tio Caolho e Tia Gatinha. Tio Independente e Tia Orçamento. Tio Prolixo e Tia Esfinge. Tio Comédia e Tia Ketlin. Tio LSD e Tia LSD. Tio Exemplo e Tia Inspiração. Tio Ataia e Tia Ouvido. Tio Dois Estômagos e Tio Nunca Casa. Tio Conservador e Tia Análise. Tio Espião e Tia Arqueira. Tio Favorito e Tia Última. Tio Cárdio e Tia Eu Já Sabia. Tia Maluca. Tia Avó Bar, Tia Formol Linda De Olhos Azuis. Tia Lula Um. Tia Filósofa e Tio Fantasma. Tio Trismegisto e Tia Tantã. Tia Poliglota e Tio Jovenzinho. Tio Intelectual e Tia Desbocada. Tio Ator e Tia Linda. Tio Cantor e Tia Bolso. Tio Doutor e Tia Lula Dois. Tio Chinês e Tia Econômica. Tio Sonhador e Tia Fofa. Tia Especial. Tio Empreendedor e Tia Beata. Tio Coach e Tia Forte. Tia Professora, Tia nunca casa e Tia Ex-Coutinho. Tio Viajante e Tia Pimenta. Tio Plástico e Tia Anestesista. Tio Primeira Voz. Por último, Tio Anjo, que de certa forma, representava Os Mortos.

Era tanta gente, que, no futuro, se algum deles ler estas memórias, vão me condenar: "Você se esqueceu de mim!", dirá. Era impossível contar quantos havia. Fora os mortos. Os Coutinho, Garcia e Carvalho, além dos agregados, estavam reunidos na casa de Tio Maconha, porque ela era ampla e, para receber os loucos, as casas precisavam ser espaçosas, senão não caberia.

Assim que desci em Confins com Escura e Alessandro, pegamos um Uber e fomos direto para lá. Quando cheguei, demorei cento e vinte e dois minutos para cumprimentar todos, porque eles paravam, beijavam Escura e apertavam Alessandro com tanta força que ele ficou amassado.

Era compreensível. Eles nunca haviam visto um quase albino de cabelos vermelhos. Pouco tempo depois, Princesa Cantora chegou com Capitão Fantástico e Malhação, que mais tarde ela me apresentou como namorado. Todos, sem exceção, correram para a porta de entrada, um grande portão que se abria com motor elétrico.

Um por um abraçava aquele senil de cabelos brancos. Depois de cento e vinte e dois minutos, havia chegado a minha vez. Fiquei, propositalmente, no fim da fila com Escura e nosso filho.

Assim que ele nos viu, entreguei meu bebê para a mãe e o abracei com tanta força que nossos corpos ficaram grudados. Eu chorava. Mas ele, não. Ele só me via, calado, passando a mão no meu rosto, como se não acreditasse que, dez anos depois, eu o perdoaria. Ele conheceu Escura, cumprimentou-a e, ao conhecer o neto, apaixonou-se à primeira vista.

CAPÍTULO XCI

RECONCILIAÇÃO VERMELHA

Quando a emoção havia começado a se apaziguar, nos sentamos, comemos, bebemos, rimos, contamos causos, mentiras e verdades. Finalmente chegou a hora de chorar pelos mortos. Peguei Capitão Fantástico pelo braço e o levei para debaixo de um pé de caquis maduros. Enquanto conversávamos, os caquis caíam sobre nossas cabeças e avermelhava nossos corpos. Não nos importávamos, porque já éramos vermelhos. Eu olhei para aqueles olhos envelhecidos. Ele já tinha sessenta e cinco anos. Eu disse: "O que aconteceu? Você se lembra de que estava na clínica? Como você acordou?". Ele me disse que não se lembrava de nada. Um belo dia acordou em sua cama, levantou-se, olhou aquele lugar estranho e pediu para a enfermeira chefe ligar para Princesa Cantora. Simples assim. Eu ria. Ria e o abraçava.

Havia chegado a hora da reconciliação. Olhei seus cabelos e disse:

"Perdão, Pai!". Ele respondeu: "Filho, observe os loucos desta família. Você acha que alguém passa incólume pela infância? Ninguém... Ninguém no mundo. Não existe nenhuma pessoa no mundo que não tenha tido um trauma na infância. Os pais de Primo Primeiro e Primo Segundo nunca se separam. Mas, vá lá e pergunte a eles se existem marcas de infância que eles gostariam de esquecer? Com certeza dirão que sim, porque os traumas fazem parte de nossa personalidade. Existe um filme chamado *Brilho Eterno de uma Mente Sem Lembranças*. Nele, há uma cena em que a protagonista tem que optar por tomar uma pílula vermelha, que lhe fará esquecer todo passado, ou uma azul, que a deixará como ela é. Pense sobre isso. Se você tivesse essa opção, qual pílula você tomaria?".

Aquela pergunta me atingira em cheio! Tudo que eu havia me tornado era por causa do meu passado. Se eu tirasse meus traumas, o que me sobraria? Por outro lado, como seria bom poder esquecer tudo, porque, ao me esquecer de tudo, esqueceria também as coisas ruins. Definitivamente, eu não sabia responder qual pílula tomaria. Sendo assim, eu disse: "Ainda não tenho resposta para isso". Ele, então, continuou com a sua teoria: "Independentemente de sua resposta, eu quero que você saiba que eu errei. Sim, errei com muita gente. Com você, com Princesa Cantora, com Rainhas Primeira, Segunda e Terceira. A diferença é que eu passei a vida tentando consertar esses erros. Principalmente com meus filhos, porque, lógico, os erros me trouxeram sofrimento. Só que também me trouxeram aprendizado. A vida é assim. Não tem como ser diferente. Você só vai me perdoar quando começar a cometer os mesmos erros que cometi. Calma! Esse dia chegará. Foi assim que perdoei Avô Paterno. Eu o crucifiquei a vida inteira. Porém, quando conheci Viúva Negra de Íris Amarela, eu o perdoei. Foi uma pena não ter tido tempo para falar isso a ele. Ele morreu achando que eu não o havia perdoado".

Naquele momento, eu o abracei, e outro caqui caiu sobre minha cabeça. Rimos e eu disse: "Esquece pai. Isso hoje já não tem mais importância". Ele me abraçou e, ao retribuir o abraço, consegui expulsar o demônio que havia morado por dez anos dentro de mim, o demônio que não permitia perdoar meu pai. Quando ele saiu de mim, um cáqui também caiu na cabeça dele. Ele também não se importou. Ele já era comunista; ou melhor, ele havia criado o comunismo.

Tio Dois Estômagos e Tio Nunca Casa vieram até nós e perguntaram se eu e Esquecidinho íamos ficar a noite inteira debaixo daquele pé de caqui. Quando eles disseram "esquecidinho", eu ri e indaguei o motivo do nome. Tio Nunca Casa respondeu que seria assim que meu pai passaria a ser chamado na família. Eu ri muito, porque a principal característica daquela família não era rir em enterros e chorar nas festas, mas sim, o humor. Eles tinham um senso de humor, um tempo certo para tocar nas feridas, com tanta leveza, que aquilo que poderia ser ofensa virava piada. Assim, naquele dia morria o Rei Pérfido, morria o Capitão Fantástico e nascia Esquecidinho. Ele havia adorado o apelido e pediu que todos os chamassem dessa forma.

CAPÍTULO XCII

MALHAÇÃO

Acordamos no apartamento de minha irmã. A casa de Esquecidinho estava fechada por cinco anos. Portanto, era preciso faxinar tudo para ele voltar ao seu lar, porém ainda não havia dado tempo para isso. À mesa de café, perguntei à Princesa Cantora sobre Malhação. Era um homem de trinta anos, mas parecia que o tempo não havia passado para ele. Quem o visse, daria vinte.

Ela me disse que o conheceu quando Esquecidinho saiu da clínica. Ele estava com saudade de almoçar no Luiz Americano, um pequeno restaurante que ficava no Mercado Central de Belo Horizonte. Eles estavam sentados e, logo ao lado, havia um ator que fizera um programa muito famoso em uma emissora brasileira. Princesa Cantora havia o reconhecido e contou a meu pai quem era aquele jovem. Ele sugeriu que ela fosse até ele e dissesse que era sua fã e que o admirava como ator. No entanto, quando ela disse que queria namorar com ele, meu pai virou para o lado e conversou com Malhação. Depois disso, trocaram contatos e, agora, ela namorava aquele que seria o pai de seu filho. Achei a história linda. Meu pai ajudou minha irmã a encontrar o futuro marido.

Estava chegando a hora de partir. No dia seguinte, eu, Escura e Alessandro pegaríamos o avião para Paris. Antes, porém, eu queria levar meu filho para conhecer o melhor parque da capital mineira.

CAPÍTULO XCIII

TÔ

Quando terminamos o café da manhã, retirei Princesa Cantora da sala, levei-a para a área privativa e disse: "Senti falta de Rainha Primeira na festa ontem. O que aconteceu? Ela não está mais com Esquecidinho?". Ela me disse que, desde o dia em que eu havia rompido com meu pai, desde o dia em que eu, aos berros, perguntei o nome de Viúva Negra de Íris Amarela, ela nunca mais foi a mesma com ele. Ela havia ouvido tudo da suíte real. Aquilo gerou um atrito tão grande entre os dois que a relação foi minando, de forma que, antes mesmo de ele ser internado, eles haviam terminado.

Fiquei triste por ela. Pedi desculpas e ela falou: "Tem uma coisa que nunca te contei. Quando nosso pai tinha dezoito anos, ele morava em Brasília, e minha mãe em Belo Horizonte. Como eram primos, se encontraram e passaram a namorar a distância, por meio de cartas. Só que ela conheceu outra pessoa aqui, que é o pai de meus dois irmãos. Bem, ela mandou a última carta para ele, terminando tudo. Mas, por uma infelicidade do destino, aquela carta não chegou. Meu pai mudou-se para Belo Horizonte e, quando foi visitá-la, ela já estava com outro. Desde aquele dia, ele nunca a perdoou. Mas, a vida passou. Um dia, eles se encontraram em uma festa de família. Ela estava mal no casamento. Ele já havia escrito um livro para ela, o "Garimpeiro de Almas". Ela se apaixonou por aquela história e, assim, eles voltaram. Cinco anos depois, você já sabe o que aconteceu, não é? Depois, na velhice, quando Rainha Terceira morreu, ela passou a frequentar a casa dele. Eles resolveram juntar os cacos da vida e voltar a namorar. Mas, infelizmente, não deu".

Eu ouvi atentamente. Ainda não sabia de tudo isso. Sabia apenas que ele havia a roubado do ex-marido. Eu perguntei: "Como ela está?". "Hoje ela está bem", contou a Princesa. "Arrumou um namorado trinta anos mais jovem que se chama Tô. Só isso. Tô. Quando as pessoas perguntam se ela está namorando, ela responde: Tô. Tô com Tô. Ele trouxe alegria, sexo e luz para a vida dela. Exatamente o que ela não tinha com nosso pai."

Compreendi e concordei. Compreendi, porque não havia nada que eu pudesse fazer para mudar aquilo e concordei porque, sim, eu percebia, ainda que novo, que meu pai não lhe dava nada daquelas três coisas.

CAPÍTULO XCIV

GUANABARA

O Parque Guanabara está na infância da maioria dos mineiros. Crianças viajavam de longe para conhecê-lo. Nossa memória afetiva com aquele lugar era maravilhosa! Diversas vezes meu pai levara a mim e Princesa Cantora naquele paraíso. Nós andávamos na roda gigante, nos barquinhos do lago artificial e no trem fantasma que era amedrontador! Quando menos esperávamos, um boneco pulava do escuro e nos assustávamos, como se de fato fosse real. Ele fica na Lagoa da Pampulha, um lago artificial, construído em 1943, por meio de um projeto de Oscar Niemeyer, o mesmo arquiteto que planejara Brasília. Da roda gigante, conseguíamos ver toda a extensão da lagoa.

Cheguei cedo com Escura e Alessandro. Coloquei-o no carrossel, depois fomos no carrinho bate-bate. Alessandro sorria na inocência de seu primeiro ano. Já havíamos feito tudo que sua idade permitia. Quando estava indo embora, vi uma boneca no chão e peguei. Fiquei esperando aparecer a criança que viria buscá-la. Quando ela chegou, eu reconheci, porque sempre reconheceria aqueles olhos jabuticaba, e a achei linda. Tinha por volta de cinco anos. Ao entregar a boneca, olhei por cima de sua cabeça e meu mundo parou. Viúva Negra de Íris Jabuticaba estava bem na minha frente.

Aquela visão me tirou o chão. Eu olhei para a roda gigante e, quanto mais ela rodava, mais meus pensamentos rodavam. Em uma espécie de vertigem, minha vista se escureceu. Quando consegui retornar, Escura estava parada perto de mim e colocou Alessandro em meu colo. Assim que consegui enxergar algo, ela me perguntou: "Você está bem?". Não. Eu não estava bem. E mesmo que estivesse aquilo já não tinha mais importância, porque Viúva Negra de Íris Jabuticaba havia colocado sua filha no colo e sumido novamente de minha vida. Então, eu carregaria a imagem daquela linda criança por muitos anos em meus pensamentos.

CAPÍTULO XCV

UM NOVO LIVRO

De volta ao apartamento, encontrei Esquecidinho sozinho. Princesa Cantora havia saído com Malhação. Achei aquilo ótimo! Enquanto

Escura descansava com nosso filho no quarto, eu tinha a oportunidade de estar a sós com ele novamente. Eu precisava daquilo. Dois dias atrás, tive uma ideia. "Quando os jovens viram deuses" havia viralizado. Eu ainda tinha quatro livros de meu pai para reescrever e editar. Mas isso era pouco. Se tudo continuasse como estava, logo eu precisaria de mais uma obra. Sendo assim, disse a ele: "Pai. Amanhã você retorna para sua casa. Você está com sessenta e cinco anos e ficará sozinho naquele lar gigantesco. Andei pensando, por que não volta a escrever? Vai ocupar seu tempo".

Ele olhou para mim e disse: "Estava pensando justamente nisso. Eu tenho um livro em minha mente há alguns anos. A ideia me surgiu quando me casei pela terceira vez. Minha futura esposa, um dia, chegou dizendo que eu precisaria escrever algo para o cerimonialista falar no casamento. Naquele momento, eu pensei: *'Isso dá um livro!'*. Desde então, eu o escrevo em meus pensamentos. Acho que consigo transcrevê-lo em meu velho notebook".

Eu amei a ideia de Esquecidinho! Então, disse: "Você ainda se lembra dos seus três livros preferidos?". "Claro", ele falou. Eu perguntei: "O que acha de tentar escrever o próximo romance juntando todos os três? É muito difícil, eu sei. Mas poderia dar certo". Ele riu e disse: "Você quer que eu escreva um livro juntando a fase romântica da literatura, o realismo do velho bruxo e o realismo mágico de Garcia Márquez?". "Sim", eu respondi. "Por que não? Acho que você consegue. Você é exceção e não regra". Ele ficou sem entender aquelas palavras. Eu fiz que não me importava e continuei: "Tem mais. Por que você não escreve esse novo livro como fez Machado de Assis em *Dom Casmurro*? Um narrador em primeira pessoa, narrando as memórias. Acho que ficaria legal!".

Ele adorou a ideia: "Taí. Eu já escrevi um livro assim, mas ficou horrível. Acho que posso aprimorar minha escrita e tentar novamente". "Só mais uma coisa", falei. "Escreva de acordo com uma técnica". Quando ele perguntou "como assim?", expliquei para ele sobre livro roteiro, a fórmula que eu havia criado e que achava mais adequada para se escrever um livro. Ele sorriu novamente e disse: "Você está achando que sou o quê? Gênio? Meu filho, sou um escritor de fim de semana, quando os negócios me dão tempo. Escrever um livro assim é para poucos". Sorri novamente e disse que ele poderia ao menos tentar. Para terminar, disse: "Outra coisa. Chega de finais tristes. *Up!* Finais para cima. Finais alegres. Entende?".

CAPÍTULO XCVI

SEXTO SENTIDO

Tato, olfato, paladar, audição e visão: os cinco sentidos do corpo humano. Além desses, há um que nenhum homem consegue acessar, captado somente pelas mulheres: o sexto sentido.

Quando Escura, dentro do avião que nos levava de volta para Paris, me perguntou quem era aquela criança do parque, quem era a mãe daquela criança, eu respondi: "Não sei nem mesmo o seu nome". Não havia mentido. Realmente, não sabia. Mas também não havia falado a verdade.

As mulheres, no entanto, têm poder do sexto sentido. Escura captou. Ela sabia, ela conhecia aquela mulher. Ela conhecia aquela criança. Não sabia dizer onde as havia visto. Só sabia que as conhecia. Cortei o assunto, porque nesse ponto havia puxado meu pai, eu também detestava discutir relações. Por isso, me calei.

Ao me calar, voltei a pensar em Viúva Negra de Íris Jabuticaba e naquela criança. Ela tinha uma filha de cinco anos. Eu havia transado com ela, sem camisinha, há seis anos. Por ser um pensamento tão absurdo, tão inconcebível, dormi em minha poltrona com Alessandro no colo.

CAPÍTULO XCVII

SEGUNDA INTERNAÇÃO

Chegando ao aeroporto Charles de Gaulle, recebi duas ligações que me abalaram. Uma era relativa à minha mãe. A outra era terrível! Rainha Segunda estava do outro lado da linha dizendo que nunca, nunca na vida ia me perdoar. Eu fui a Belo Horizonte e disse que iria visitá-la. Mas não fui. Não levei Escura e Alessandro para conhecê-la. Tentei amenizar, dizendo que o tempo era curto e prometi que, da próxima vez, passaria um mês com ela. Não adiantou. Quando ela soube que eu já estava em Paris, desligou o telefone e ficou meses sem me ligar. Senti saudade!

A outra ligação foi terrível. Princesa Cantora me ligou assim que terminei de falar com Rainha Segunda. Aquela conversa mudaria todos os meus planos. Ela me disse: "Não. Não precisa me dizer que vai acreditar. Porque eu mesma não acredito. Eu estava levando Esquecidinho para a casa dele. De repente, o Alzheimer voltou. Ele não dizia coisa com coisa. Em vez de levá-lo para casa, voltei com ele ao médico. E o resultado? O Alzheimer voltou para o cérebro de nosso pai. Eu voltei com ele para a clínica. O mais surpreendente é que, ontem, ele estava conversando com o médico que o atende, entre risadas e casos. Nós voltamos ao Luiz Americano e eles se encontraram. Está tudo muito estranho! Não sei o que fazer. Ele teve que voltar a ser internado na clínica".

Meu mundo desabou novamente! Eu não podia retornar ao Brasil, naquele momento, para ver isso de perto.

CAPÍTULO XCVIII

RETRATO ESCONDIDO

Arrasado, pedi um Uber, contei tudo a Escura e fomos para a nossa casa. Havia seis meses, nos mudamos para uma casa que eu comprara com oitenta por cento de minhas economias. Ela era antiga e tinha um estilo ouropretano. Apesar do valor caro, imaginei estar fazendo o melhor investimento de minha vida. Só tinha um problema: o seguro não cobria imóveis antigos.

Reformamos alguns cômodos e ela havia ficado linda. Eu já havia me formado, e aquilo, para mim, fazia pouca diferença. Minha carreira como escritor já começava a despontar. Eu não precisava mais dos amigos, nem das mulheres da faculdade a me bajular. Era Dorian e seria sempre Dorian. Centenas de professoras me queriam. Por isso, mesmo que não pensasse em trair Escura, a tentação falava mais alto.

Chegamos em casa e a primeira coisa que fiz, depois que desarrumei as malas, foi esconder a minha foto com Enteada no sótão da casa. Eu precisava fazer aquilo. Na minha cabeça, aquela foto poderia despertar a atenção de Escura. Aquela menina da foto se parecia muito com a criança que havíamos visto no parque Guanabara. Naquele momento, tudo que eu não precisava era de problema, pois "Garimpeiro de Almas" seria lançado e minha carreira deslancharia.

CAPÍTULO XCIX

GARIMPEIRO DE ALMAS

"Garimpeiro de Almas" foi o segundo livro de meu pai. A ideia era boa. Diante de um carrasco, o protagonista, prestes a receber uma injeção letal, teve direito a um último pedido. Comicamente, o pedido era poder contar uma história ao carrasco. Assim o livro se inicia. Ao longo da história, o leitor fica sabendo que o nome do carrasco é Rotiel, que significa "leitor" ao contrário. O carrasco do condenado é o próprio leitor.

Eu ria enquanto reescrevia a história. Como sempre, meu pai havia falhado, porque em uma determinada parte do livro, ele simplesmente mata o carrasco. Ele mata o leitor! Como ele poderia matar o leitor se o autor depende dele? É a razão de ele existir? Eu mudei aquilo. Em minha reescrita, os dois saem da prisão, abraçados, como dizendo a quem lê: "Um não vive sem o outro". Autor não vive sem leitor e vice-versa. Ao mudar este pequeno detalhe, o livro alcançou leitores fora do âmbito escolar, ainda que muitas escolas tenham adotado a obra. Um novo público começava a se formar em minha trajetória: o leitor que ia em livrarias.

O livro já estava pronto quando Editora Cliente me ligou, dizendo que eu precisava encontrá-la, porque ela queria uma nova história. Visitei-a, entreguei o original e dois meses mais tarde, "Garimpeiro de Almas" foi lançado em um novo *vernissage*. Não sem antes Editora Cliente me entregar um cheque polpudo pelos direitos autorais de "Quando os Jovens Viram Deuses" que, àquela altura, estava na trigésima edição.

CAPÍTULO C

PROFESSORA DE LÍNGUAS

Professora de Línguas começara a me dar aula. Três vezes por semana eu ia em seu apartamento. "Garimpeiro de Almas" havia rompido as fronteiras da França. Estava fazendo tanto sucesso que despertou a atenção de editoras de diversos países da Europa: Inglaterra, Holanda, Bélgica, Dinamarca. O livro começava a ser versado para todos os idiomas. Desse modo, eu precisava aprender outras línguas para palestrar naqueles países. Era algo de que não abria mão. Tradutores podem não traduzir de forma literal o que penso. Comecei, então, a aprender vários idiomas para conquistar o mundo. Dorian Gray estava enorme. Eu precisava desfrutá-lo. E desfrutei.

Professora de Línguas era fantástica! Tal qual a um trocadilho infame, ela usava sua língua de forma magistral. Aquilo me deixava louco! Nunca havia visto nada igual na vida.

Era maravilhoso e, ao mesmo tempo, problemático. Maravilhoso porque as aulas abordavam as práticas associadas à teoria. Minha facilidade em aprender idiomas era tanta que, em pouco tempo, aprendi inglês, espanhol e holandês. Nem mesmo Tia Poliglota, com anos e anos de estudo, conseguia conversar em holandês como eu. Eu a irritava com aquilo e adorava. Por outro lado, era problemático, porque, ao aprender línguas, também havia arrumado uma amante. Uma amante!

Eu, que por anos condenei meu pai, que por anos carreguei um demônio comunista dentro de mim, agora, estava traindo Escura. Aquilo me fazia mal, claro. Mas, entre me fazer mal e ficar sem a língua de minha Professora, optei pela língua.

Por esse motivo, meu casamento começou a desandar. Somente assim entendi o que Esquecidinho e Viúva Negra de Íris Amarela me disseram: "Você só vai perdoar seus pais no dia em que começar a fazer as merdas que eles fizeram".

CAPÍTULO CI

PRIMEIRO PEDIDO

Escura tinha me ligado, pois Alessandro estava com febre. Ela me pediu para comprar dipirona. Eu estava com Editora Cliente, tratando do lançamento de "Ressurreição", terceiro livro de meu pai. Mas eu não tinha a intenção de ir para a nossa casa. Eu ia me encontrar com Professora de Línguas naquela tarde. Peguei-a e viajamos para Versalhes. Fomos ao palácio construído por Luiz XIV. Depois nos sentamos em um café. Depois bebemos. Depois fomos a um hotel. Depois transamos. Só depois eu percebi que já eram três horas da madrugada.

Peguei o caminho de volta. Deixei minha amante em seu apartamento. Passei em uma farmácia vinte e quatro horas para comprar o remédio que Escura havia me pedido. Finalmente, quando cheguei, Escura estava acordada. Então, ela disse: "Cadê a porra do remédio?". Assim que eu entreguei o medicamento, ela me falou que não precisava mais. Nosso filho já estava medicado. Naquela noite, ela pediu a separação pela primeira vez.

CAPÍTULO CII

SEGUNDO LEITOR

Meu pai dizia que seu melhor amigo era Tio Anjo e que isso não era uma exclusividade dele. Tio Anjo era o melhor amigo de muita gente. Porém, para ele, Tio Anjo tinha uma importância diferente, porque era muito culto. Havia puxado isso da mãe. Sendo assim, ele era o segundo leitor de meu pai.

Quando ele terminava de escrever as histórias que ninguém nunca ia ler, Tio Anjo as liam e as criticavam severamente. Ele dizia que meu pai era o pior escritor do mundo. Até o dia em que meu pai foi a Cunhas e entregou o original de Ressurreição. Três meses depois meu pai voltou, sentou-se no sofá da sala da casa de Tio Anjo, que dava para a lagoa de Cunhas, e ouviu a seguinte pergunta: "Já comprou a farda?". Como ele não entendeu nada, perguntou: "Que farda?". Então, Tio Anjo respondeu: "A farda para entrar para a Academia Brasileira de Letras".

Meu pai me contou que aquilo havia sido a melhor pergunta que já tinha ouvido na vida, porque ele sabia que aquela pergunta era a rendição de Tio Anjo a seus escritos. Ele, o maior crítico de todos, finalmente se rendia a um livro seu. Meu pai o amou mais ainda.

Contudo, o coração de Tio Anjo não suportou tantos cigarros e meu pai perdeu, junto com muitos, seu melhor amigo e leitor. Nas festas da família, quando era hora de falar dos mortos, era por ele que meu pai mais chorava.

CAPÍTULO CIII

RESSURREIÇÃO

Machado de Assis escreveu *Ressurreição*. Foi seu primeiro livro, publicado em 1872. Mas o livro "Ressurreição", de Esquecidinho, não tinha nada a ver com a história do velho bruxo. Meu pai havia se inspirado em nada mais, nada menos, que Jesus Cristo para escrever a sua história.

Ele dizia que, sim, Cristo é o caminho, a verdade e a vida, não somente pelos vários ensinamentos, mas por algo bem específico: a ressurreição. Ele dizia que a ressurreição é a única coisa no mundo que deveríamos buscar. Porém, meu pai não se referia à ressurreição como é pregada ainda hoje nas igrejas, e sim, à ressurreição física, material, à ressurreição de fato.

De acordo com ele, os homens deveriam concentrar todos os esforços para que, ao morrermos, pudéssemos retornar à vida. Para ele, isso mudaria substancialmente a forma como vemos o mundo. Meu pai tinha a certeza de que as pessoas morreriam, veriam que não há nada além do que aqui está e, ao retornar, o conceito de Deus se acabaria. Acabando, elas compreenderiam que os ensinamentos de Cristo, de Maomé, de Buda, são apenas metafóricos. Eles servem para nos tornarmos melhores. Apenas isso.

Então, ele criou no livro o que chamava de "Paradoxo de Cristo". Cristo nos mostrou a ressurreição para que fôssemos em busca dela. Ao encontrá-la, veríamos que o Pai é uma alegoria. Esse é o paradoxo. Cristo, o maior filho de Deus, quer o tempo todo matar o Grande

Criador, pelo amor à humanidade, para que parem de fazer guerras em nome de religiões.

Aquele enredo era belíssimo! Quando li "Ressurreição", entendi por que Tio Anjo, finalmente, cedeu aos escritos de meu pai. Como havia previsto Tio Anjo, aquele livro seria minha consagração. Editora Cliente o havia publicado havia seis meses. Ele abriu as portas do mercado norte-americano para mim. Comecei, então, a ser percebido pela Academia sueca. Então, fui a uma loja e comprei a farda.

CAPÍTULO CIV

ARTISTA PLÁSTICA

Escura era artista plástica. Suas obras tinham sempre passarinhos próprios, criados a partir de sua imaginação. Eles eram sua marca. Onde houvesse um quadro com aqueles passarinhos, todos sabiam que havia sido pintado por ela. No entanto, ela me dizia que aquilo não a alegrava, porque tal qual a uma gaiola, ela também aprisionava aqueles pássaros em suas pinturas.

Um dia, quando Escura voltava de seu estúdio, me viu em um café com Professora De Línguas. Eu também a vi. Assim que cheguei em casa, ela pegou uma xícara de café e colocou na minha frente. Eu bebi, olhando-a, desconfiado. Ela permaneceu calada. Depois, finalmente, perguntou: "Quem é ela?". Eu disse que era minha professora de línguas, a pessoa responsável por me tornar um poliglota. Então, Escura falou: "Não sabia que estávamos autorizados a beber vinho com nossas mestras". Eu me calei. Não sem antes dizer que os casamentos não são prisões como os passarinhos que ela eternizava em suas telas. Ao dizer isso, ao falar de sua marca, eu sabia que ia dar merda.

CAPÍTULO CV

O ÚLTIMO LIVRO

Depois de "Ressurreição", eu me tornei um escritor consagrado. Viajava os quatro cantos do mundo, dando palestras e autógrafos. Sempre que podia e que tinha tempo, entre um quadro e outro, Escura viajava comigo e levava Alessandro.

Eu tinha vinte e oito anos e ele, três. Sua pele estava menos branca e seus cabelos mais vermelhos. Era um show à parte! Alessandro entrava correndo em minhas palestras e todos se encantavam com aquela criança diferente, de forma que, não somente os livros faziam sucesso, mas também minha família. Eu era um escritor de família, um exemplo, famoso e endinheirado. Os direitos autorais me davam tanto dinheiro que, mesmo que eu fosse o socialista financeiro que meu pai era, o dinheiro não teria como acabar. Ainda que eu o distribuísse, eu já possuía um milhão de dólares.

Editora Cliente me chamou para dizer que precisava de mais um livro. Eu disse que tinha um infantil e outro de Ensaio. Ela perguntou: "Como assim, ensaio?". "Ensaio", respondi. "Um livro em que eu faço uma releitura das noventa e cinco teses de Lutero". Ela pediu o livro para ler. Dois dias depois, me chamou novamente. Disse que aquele livro não poderia ser editado. Eu era um romancista e não um escritor de ensaios. Desse modo, ela quis ver o livro infantil e completou dizendo que "sim, grandes escritores escrevem livros infantis". O mercado pedia isso. Saramago havia escrito um deles.

Ela resolveu publicar "Arrudinha e Pampulinha". Amei, claro! Só que havia um problema. Quando Editora Cliente recusou as "Noventa e Cinco Teses da Nova Reforma", eu percebi que não teria mais nenhum livro para lançar. "Arrudinha e Pampulinha" era o último.

CAPÍTULO CVI

ARRUDINHA E PAMPULINHA

Esquecidinho nunca admitiu, mas minha mãe era coautora de "Arrudinha e Pampulinha". Ela me contou que, um dia, ao alugar uma bicicleta adaptada, me colocou no banquinho da frente e foi com meu pai, pedalando lado a lado, passear pela lagoa da Pampulha. Nós, mineiros adoramos fazer isso. No caminho eles conversavam fortuitamente, até que, em certo momento, ela tocou em um assunto sensível. Lembrou que, ali mesmo naquela lagoa, anos antes, uma mãe desesperada havia feito uma balsa e colocado um bebê para velejar, sozinho, desamparado, como se desejasse a sua morte. Porém, quis o destino que um vigilante passasse por ali e, ao ouvir o choro da criança, entrasse na água e salvasse aquele bebê.

Ela me via e perguntava a meu pai: "Como uma mãe pode chegar a esse nível de desespero?". Então apontava para mim e concluía: "Jogar uma coisinha linda dessa em uma lagoa. Que loucura!". Ela o lembrou de uma outra coisa: anos depois, uma mãe também jogou um bebê, dessa vez no Rio Arrudas, que corta Belo Horizonte. Só que, infelizmente, ele não foi resgatado a tempo e morreu nas águas poluídas daquele rio.

Pronto. Ao lembrar meu pai destas histórias, nascia um novo livro. Meu pai disse a minha mãe que aquilo poderia ser um romance maravilhoso, que poderia atingir o público infantil e adulto, ao mesmo tempo. Ela, entusiasmada com a ideia, sugeriu: "Arrudinha e Pampulinha. Coloque este título". Assim, se transformava em coautora da obra, uma história ambientada nos mangues do Nordeste. Entretanto, como sempre, o final era triste. Ao reescrevê-lo, modifiquei o final. Ao modificar, dei vida à Arrudinha.

Aquele livro infantil abriu as portas para um mercado que eu ainda não havia alcançado. Finalmente eu seria publicado no Brasil, em minha língua pátria, em meu país amado. Isso era maravilhoso, não fosse por um detalhe: ao ter minhas obras publicadas em meu país de origem, sem saber, eu caminhava em direção ao segundo oráculo de Prostituta Tirésias, a Cega.

CAPÍTULO CVII

SEGUNDO PEDIDO

Estava em casa. Era domingo de manhã. Ao meu lado, Escura. No quarto, uma criança de quatro anos dormia feito anjo. Eu havia acabado de acordar e ido ao banheiro. Ao voltar para o quarto, vi Escura sentada. Ela estava com meu celular na mão e me questionou: "Cadê sua foto?". Em resposta, fiz outra pergunta: "Que foto?". "A sua foto com Enteada. Ela ficava aqui na nossa estante. Queria ver uma coisa nela." Nesse momento, gelei. Havia anos que eu colocara aquela foto no sótão junto da minha agenda de clientes. Eu conhecia o sexto sentido das mulheres; eu sabia que, um dia, aquilo ia me causar problemas. Eu disse: "Não sei. Deve estar na sala".

Ela correu na sala, ainda com meu celular em sua mão. Procurou, porém não achou. Voltou para o quarto, dizendo: "Esquece. Não está lá". Fiquei aliviado! Mas, não por muito tempo. Ela pegou o celular e me mostrou uma mensagem. Era de Professora De Línguas. Estava escrito: "Te amo". Apenas isso. A porra da mensagem que não existia quando eu dormi, porque antes de dormir eu sempre apagava tudo, agora existia. Não tinha como negar mais. Contei que, sim, ela era minha amiga; sim, a gente tomava vinho juntos; sim, eu transava com ela em vários lugares de Paris — no apartamento dela, na sacada, nas ruas, nos hotéis; sim, ela era minha amante e, sim, ela podia ter a certeza de que eu estava errado. Portanto, eu terminaria, acabaria com aquela porra toda.

Eu pedi perdão por enganá-la e pedi, ainda, uma chance a mais, porque os passarinhos precisam ficar onde estão, presos em suas obras, e não livres na natureza. Se eu quisesse ser livre, não teria me casado com ela. Éramos uma família exemplar e todos meus leitores sabiam do nosso amor. Uma separação por traição seria terrível para a minha carreira. No entanto, ela não se convenceu e pediu, pela segunda vez, a separação. Arrasado, juntei minhas coisas, aluguei um apartamento no Airbnb, dei um beijo em Alessandro e saí de casa. Uma semana depois, ela me ligou dizendo que me daria mais uma chance.

CAPÍTULO CVIII

ÚLTIMO PEDIDO

Um mês depois que havia terminado com minha amante e voltado para casa, quando nossos votos foram renovados, a campainha tocou. Fui atender. Não acreditei. Ali, na minha frente, estava ninguém menos que Rainha Segunda, linda em seus quarenta e oito anos. Abri o portão e a abracei como nunca. Ela disse: "Se Maomé não vai à montanha, a montanha vai a Maomé". Rimos juntos e, finalmente, minha mãe conheceu a nora e o neto. Estávamos sentados à mesa quando perguntei: "Como assim você aparece de repente? Por que não ligou falando que vinha? Parece que eu moro a dois quarteirões de você. Basta dar vontade e vir me visitar?". Ela disse que tinha conhecido uma pessoa em Paris pela internet, que ela havia a convidado para visitá-la e que preferiu fazer surpresa.

Lógico, amei aquela surpresa. Mas, estranhei. Ela estava sozinha. Por esse motivo, perguntei: "Cadê Militar? Cadê Irmã Morena?". Ela falou que Irmã Morena não pôde vir, porque estava em período escolar e que aquela viagem era rápida e ela voltaria dali a dois dias. Perguntei novamente: "E Militar?". Ela baixou os olhos: "Bem. Não queria te dizer isso por telefone. Eu me separei". Uma lágrima desceu dos seus olhos. Eu a abracei e disse: "Não tem problema. Nunca gostei muito dele mesmo. Venha. Vamos flanar".

Andamos pelas ruas da cidade, tomamos sorvete, levamos Alessandro ao parque, mostramos a ela o estúdio de Escura. Ao voltar para casa, cansado, deixei Escura e Rainha Segunda a sós e dormi ao lado de Alessandro. Dois dias depois, eu a levei ao Charles de Gaulle. Quando me despedi dela, misteriosamente, ela disse: "Quando estiver só, assista a um filme que eu acho que você vai amar. Ele se chama: *Eu Sei o que Vocês Fizeram no Verão Passado*". Agradeci e tremi. Eu conhecia minha mãe. Com aquela sugestão, eu sabia que ela havia me dito uma mensagem subliminar.

Chegamos do aeroporto, me preparei para dormir em minha cama confortável. Mal sabia que a noite anterior havia sido a última que havia feito isso. Escura colocou Alessandro para dormir, entrou no quarto e me chamou na sala. Então, ela me disse, pela última vez: "Quero me separar". Aquelas palavras me pegaram de surpresa. Estávamos bem, ela sabia — porque as mulheres sempre sabem — que eu havia terminado com minha amante. Mas ela não quis me dizer o motivo da sua decisão. Simplesmente disse: "Arrume suas coisas e saía desta casa". Depois, emudeceu.

Enquanto eu preparava minha mala, pensei em minha mãe. Ela havia se separado três vezes. Dois dias atrás ela havia me visitado e trazido consigo o espírito maligno das separações. Tinha certeza disso! Pela primeira vez na vida, eu a odiei.

CAPÍTULO CIX

DEU BRANCO

Editora Cliente estava na minha frente, no apartamento que eu havia alugado, desde que saíra da casa de Escura. Ela estava pedindo uma nova obra. Eu era um escritor profissional e não poderia deixar meus leitores sem livros. Havia um ano que não apresentava nada. Eu precisava escrever, precisava acalentar os anseios de meus fãs. Só que não tinha mais nada para mostrar.

Eu disse a ela: "Deu branco. Minha separação deu um branco em minha mente. Minha força criadora parece que ficou com a minha família". Depois disso, ela me beijou, fomos para a cama, ela galopou novamente, nós terminamos, ela vestiu a roupa e quando estava de saída, disse: "Foda-se o branco. Se vire".

CAPÍTULO CX

UMA BOA, OUTRA RUIM

Havia cinco anos que Esquecidinho estava internado. Princesa Cantora me ligou, dizendo que tinha duas notícias para me dar: uma boa, outra ruim. Perguntei a boa primeiro. Ela disse que ia se casar com Malhação e que eu seria o padrinho. Amei essa parte! Mas detestei a outra! Era relacionada a uma promessa, da qual nem me lembrava mais. Então, ela me lembrou.

Ela lembrou que muitos anos antes — quinze, mais precisamente —, havíamos feito uma promessa ao Capitão Fantástico de que, se um dia ele entrasse na terceira fase do Alzheimer, nós o levaríamos para a Suíça para ele fazer a eutanásia. "Você deve isso a ele." Sua voz era firme. Pensei: *"Eu devo isso a ele?"*. Eu disse: "Nós devemos isso a ele. Você vai comigo". Ela falou: "Nunca. Você acha que meu pai é gado para o levarmos ao matadouro?". Eu ri e disse: "Não. Não acho. Por isso mesmo que você tem que dividir essa tarefa comigo". Ela riu de nervosa e repetiu: "Nunca! Ele estará em meu casamento. Você vai buscá-lo, nós vamos levá-lo para meu apartamento, vamos vesti-lo com roupas apropriadas e, no outro dia, vocês partem para a Suíça".

"*Só isso?*", pensei. "*Vou ao seu casamento em um dia e, no outro, vou levar meu pai para a morte?*". Princesa Cantora não devia estar bem, mas consenti.

Um mês depois, eu descia novamente em Belo Horizonte.

CAPÍTULO CXI

CASAMENTO

Primos Primeiro, Segundo, Terceiro, Quarto, Quinto, Sexto, Sétimo. Primas Primeira, Segunda, Terceira, Quarta, Quinta, Sexta, Sétima. A grande família estava novamente reunida. Todos a postos na Igreja Nossa Senhora da Boa Viagem, à espera da noiva. Quando a grande porta se abriu, um rio de lágrimas molhou a mim, Princesa Cantora e Esquecidinho, com tanta força, que quase nos afogamos. Ainda molhados, começamos o cortejo.

Princesa Cantora, linda em seu vestido vermelho — porque ela também era vermelha —, estava ao meu lado. Nos meus braços, Esquecidinho. Antes que outro rio de lágrimas acabasse nos matando, pedi a todos que se contivessem. Dessa forma, conseguimos chegar ao altar. Eu coloquei meu pai em uma cadeira de rodas e o amarrei para não cair. Cumprimentei o noivo. Uma hora depois, estávamos comemorando aquele acontecimento.

Na festa, Tia Preferida me chamou em um canto e me disse: "Tem certeza de que vai cumprir a promessa?". Respondi que sim. De certa forma, eu, com minha impetuosidade, havia acelerado o Alzheimer de meu pai. Portanto, ele merecia que eu honrasse meu compromisso. Virei um copo de cerveja, peguei meu pai novamente no colo, despedi-me de todos e voltei ao apartamento de minha irmã.

CAPÍTULO CXII

SEGREDO

Primos Primeiro, Segundo, Terceiro, Quarto, Quinto, Sexto, Sétimo. Primas Primeira, Segunda, Terceira, Quarta, Quinta, Sexta, Sétima. Nunca, em toda história, houve tantas pessoas a lotar o saguão de Confins, o aeroporto que havia renascido no governo de Aécio Neves, um político estranho. Não eram apenas os parentes que se viam constantemente. Eram todos. Todos que ficaram sabendo de minha missão saíram dos mais diversos lugares, para se despedirem de Esquecidinho. Incluindo os mortos. Eu sabia que Tio Anjo estava lá, dizendo a ele: "Filho da Puta! Na hora que você aprende a escrever, você morre?".

Antes que um rio de lágrimas destruísse completamente o aeroporto, eu entrei na sala de espera, levando meu pai na cadeira de rodas. Mas, antes, Tia Preferida o agarrou e, chorando, disse baixinho em seu ouvido: "Guarde com você nosso maior segredo. Eu prometo levá-lo também para o caixão".

Vinte e quatro horas depois, eu e meu pai chegávamos ao nosso destino. Um dia, Tia Preferida teria que me contar que raio de segredo era esse. Apesar de não enxergar bem, eu ouvia super bem. E ouvi.

CAPÍTULO CXIII

UM CHAMADO

Chegamos ao CHUV, em Lausanne, na Suíça, dois dias depois de sairmos de Belo Horizonte. Eu entrei com meu pai no consultório do médico que realizaria a eutanásia, assinei os papéis que legalizariam a operação, dei-lhe um último beijo, abracei-o e, chorando, me retirei para a sala de espera.

A hora havia chegado. Em meus pensamentos, só havia uma palavra: "Obrigado". Era tudo que eu conseguia pensar. Trinta anos havia se passado desde que nasci. Todo meu vocabulário se resumia naquela única palavra. Eu não queria lembrar de nenhuma outra. Então, dormi. Pouco depois, fui acordado de meu sono pelo médico que o mataria. Ele disse: "Seu pai está te chamando". Como em um sonho, me levantei, entrei no quarto, olhei aqueles aparelhos estranhos e perguntei àquele senil: "O que você quer, pai?". Ele respondeu: "Me leva para esquiar nos alpes suíços".

Naquele momento, lembrei-me de um sonho de muitos anos antes, quando ainda não havíamos feitos as pazes. Retirei os cintos que apertavam seu corpo, ele se levantou, agradeceu ao médico e, seis horas depois, estávamos em um chalé nas montanhas congeladas da Suíça.

CAPÍTULO CXIV

ESQUI

Ainda no sonho, acordamos no dia seguinte, tomamos café, colocamos nosso equipamento, pegamos o bondinho que nos levava ao alto da montanha, descemos esquiando e, quando paramos, tiramos nossas máscaras e nos abraçamos. Eu ainda não havia acordado.

CAPÍTULO CXV

CAVERNA

Como em um sonho, eu acordei, no outro dia. Disse ao meu pai: "Me explique. Me traga de volta à realidade. O que está acontecendo, porra?!". O palavrão me despertou. Ele riu e falou: "Freud dizia que é impossível fazermos autoanálise. Só que os monges budistas olham para Freud e perguntam: você já ficou em uma caverna meditando por dez anos? Foi o que fiz". Antes de falar outro palavrão, eu pedi que ele continuasse. "Lembra que eu falava que tinha cinquenta por cento de chance de ter Alzheimer? Pois é. Ele não me pegou. O que eu tive foi vontade, depois que você partiu para Paris, de me autoanalisar para saber, enfim, quem sou. Por isso, resolvi entrar na clínica". "Tá", eu disse. "Mas, e as porras dos exames?"

Ele riu: "Tenha amigos verdadeiros, não virtuais. Quando os tiver, você terá tudo. Eu tenho um desses. Ele é neurologista e me arrumou os exames a meu bel-prazer". "Antiético isso", eu disse. Logo eu, falando em ética. Ele continuou: "Foda-se! Eu precisava disso. Depois de cinco anos, eu resolvi que tinha feito minha autoanálise. E resolvi sair. Só que você me colocou lá novamente". "Como assim?", perguntei. "Lembra do desafio que me lançou? Escrever um livro dentro da sua fórmula. Eu adorei a ideia! Mas como sabia que não teria paz para escrever em minha casa, porque ela é muito movimentada, decidi voltar para a clínica". "Caralho!", falei. "Mas por que me fazer trazê-lo até aqui?" Ele respondeu: "Lembra de Abraão, quando Deus pede para levar seu filho a uma montanha para sacrificá-lo?". "Sim, Avô Pastor me contou esta história. Mas, o que ela tem a ver com você? Nem religioso você é!", eu indaguei. "Não sou. Porém, sou um leitor voraz e li o Velho e o Novo Testamento, como se lê um lindo romance. Eu queria saber se você realmente havia me perdoado. Então, pedi para Princesa Cantora lembrá-lo da promessa e aqui estamos."

Naquele instante, peguei o celular e liguei para minha irmã. Ela estava em lua de mel com Malhação. Quando ela atendeu, deu o maior sorriso de sua vida e, entre gargalhadas, ouviu meu último palavrão: "Puta que Pariu, Princesa Cantora! Você me paga!". Mostrei meu pai a ela. Ele disse: "Deu certo!". Desliguei o telefone. Ele se levantou, foi até a mochila que Princesa Cantora havia me dado para trazer seus pertences, retirou de lá um calhamaço, lançou-o em meu colo e disse: "Aí está".

CAPÍTULO CXVI

FAÍSCA

Quando li o título do livro que ele havia lançado em meu colo, pensei: "Que título forte!". Porém, antes de começarmos a falar do livro, meu pai me contou a sua história: "Havia cinco anos que estava na clínica. Cinco anos que trabalhava este livro em minha mente. Mas eu não sabia como transcrevê-lo para o computador. Um dia, Princesa Cantora foi me visitar. Ela ainda não sabia sobre o meu fingimento. Estava acompanhada de uma senhora que tinha por volta de sessenta anos. Princesa Cantora me deixou sozinho com aquela senhora. Ao vê-la, a primeira coisa que eu disse foi: 'Viúva Negra de Íris Amarela!'. Ela começou a chorar e me abraçou. Depois que as lágrimas secaram, eu peguei as mãos dela e disse: 'Quando eu sair daqui, vou te buscar e nós vamos viver tudo o que temos para viver!'. Pouco depois, Princesa Cantora entrou no quarto, pegou a senhora pelos braços e foram embora. Trinta dias depois, eu já havia escrito 'Carta ao Celebrante'. Eu precisava vê-la. Eu precisava daquela faísca para terminar esta obra. E foi o que aconteceu".

CAPÍTULO CXVII

CARTA AO CELEBRANTE

Era tarde da noite quando Esquecidinho acabou de me contar sobre a faísca que o havia levado a escrever aquele livro. Eu me retirei da sala e fui ao meu quarto levando o original. Eu sabia que não dormiria naquela madrugada. Ele se retirou a seus aposentos. Eu fiquei sozinho, sob a luz de um abajur. Era meia noite. Às seis horas da manhã, eu terminei de ler "Carta ao Celebrante".

No outro dia, quando meu pai acordou, eu o abracei com muita força e disse: "Você conseguiu! Você entendeu perfeitamente a fórmula. Conseguiu reunir os três livros que você mais ama em um só. Meu deus! Rainha Terceira te deu o melhor livro da sua vida!". Ele sorriu, porque, nunca, ninguém havia ficado tão emocionado com um livro seu. Então, meu pai disse: "Rainha Terceira me deu a ideia. Esta noite, antes de dormir, estava pensando nisso. De onde tirei esta história? E me lembrei de um dia que Primo Viajante me ligou, chamando para assistir a um filme. Eu fui à casa dele, e ele colocou *Big Fish* no DVD. Depois de duas horas, entre lágrimas, eu pensei: '*Acho que consigo fazer algo parecido*'. Foi ali que nasceu a inspiração para "Carta ao Celebrante". Por mais que Rainha Terceira tenha me dado a ideia, foi Tio Viajante, que conhece duzentos e vinte países e é casado com Tia Pimenta — porque ama capsaicina —, que lançou a pedra fundamental desta obra".

Big Fish. Um dia eu o assistiria para compreender o que meu pai estava dizendo. Antes, havia algo que queria dizer a ele: "'Carta ao Celebrante' está noventa e nove por cento perfeito. Ainda falta uma coisa para ficar cem por cento: uma dúvida". Ele me olhou por cima dos óculos e falou: "Como assim, uma dúvida?". Eu disse: "Lembra de *Dom Casmurro*? Lembra da eterna dúvida de Capitu? Traiu ou não traiu? Eu sei que você vai conseguir inserir uma dúvida à altura em 'Carta ao Celebrante'".

Ele riu e disse: "Isso é fácil. Se tivesse me falado antes, eu já teria feito". Ele pegou o original, me pediu uma caneta e escreveu de próprio punho o último capítulo, de número CXLVIII, com o nome "Licença Poética". De tão emocionado, não consegui ler. Queria guardar para desfrutar aquilo depois. Naquele instante, morria Esquecidinho e renascia Capitão Fantástico.

Perguntei a ele: "O que achou de escrever com fórmula?". Ele respondeu: "Horrível! Parecia que estava criando um produto, não um livro". "Mas, você não acha que os livros são para serem lidos e que a técnica ajuda o leitor na enorme façanha de ler?" Ele, então, disse: "Azar dos leitores. Eu escrevo porque gosto. Só isso". Eu ri. No outro dia, ele voltou ao Brasil, e eu segui para Paris. Meu quinto livro estava pronto e, o melhor, eu não precisaria reescrevê-lo.

CAPÍTULO CXVIII

ACABOU O BRANCO

Quando cheguei no Charles de Gaulle, peguei um Uber e fui direto à Métallique. A porta da sala onde Cliente Editora trabalhava estava fechada. Eu a abri, sem bater, entrei e a encontrei em reunião com os revisores. Ela se assustou e, antes de me repreender, eu coloquei o original de "Carta ao Celebrante" em sua mesa e disse: "Acabou o branco! Era isso que você queria? Então, toma". Ela sorriu.

Eu saí de sua sala. Passei cinco dias trancado em meu apartamento com Alessandro. Assim como ele havia nascido, Capitão Fantástico também havia nascido; ou melhor, renascido.

CAPÍTULO CXIX

OBRA-PRIMA

"Caralho... caralho! Que porra de livro é esse! Isso é uma obra-prima!" Estávamos em chamada de vídeo. Editora Cliente estava extasiada! Eu disse: "Era isso que você queria. Um livro assim, exatamente assim!". Ela me perguntou: "Quanto tempo você levou para escrever?". Eu respondi: "Trinta anos". Ela disse: "Como assim?". Respondi: "Bem, na verdade, levei um mês. Mas tem trinta anos que o escrevo em minha mente. Comecei a redigi-lo no dia em que nasci. Por isso, está em primeira pessoa. Ele conta a história de minhas lembranças, sobre a minha infância e sobre tudo o que vivi com meu pai". "E é Nobel!", completou. Eu disse: "Sem exageros".

Então ela me contou que não era exagero. Disse, ainda, que depois que lançamos Ressurreição, depois que o mercado americano havia amado as minhas obras, a Academia Sueca havia me incluído na lista de escritores elegíveis para ganhar o Prêmio Nobel de Literatura. Agora, com "Carta ao Celebrante", este sonho poderia se tornar real. "Mas eu achava que eles só premiassem escritores mais velhos", falei. "Não", ela replicou. "Eles premiam escritores, indistintamente da idade. Escolhem pelo conjunto da obra ao enxergarem um ideal único nos escritos. Esse é o seu caso. Não se assuste se acontecer."

Não me assustei. E dormi. Ao dormir, tive outro sonho. Não sem antes Editora Cliente me perguntar: "Me diga uma coisa. Aquele capítulo escrito à caneta, é para entrar no livro ou não?". "Sim, sim", respondi. Ela concluiu: "Estranho! De quem é aquela letra? Eu a comparei com a dedicatória de "Quando os Jovens Viram Deuses" que você fez para mim. Não é a mesma letra". Desliguei o telefone na cara dela. As mulheres, às vezes, são muito observadoras e enxeridas.

CAPÍTULO CXX

SEGUNDO SONHO

Dorian Gray sobe em um suntuoso palco com tapete vermelho. Logo depois, um orador diz algumas palavras, sorri, vira-se pare ele e pede que se aproxime. Uma medalha de ouro puro é colocada em seu pescoço e vem acompanhada de um diploma que, futuramente, ele emoldaria e colocaria em seu escritório. Logo depois, Dorian pega o microfone e faz um longo discurso sobre a importância da leitura na formação humana e sobre como as telas atrapalham essa formação. Aquelas palavras se propagam pelos quatro cantos do mundo. Pessoas passam a fazer pilhas de celulares nas ruas e a atearem fogo, destruindo aquela invenção maldita, que matou os rádios, as máquinas de fotografia, as conversas amorosas e a convivência familiar. Depois, as pessoas quebram os televisores e os monitores. As ações das empresas de tecnologia caem e elas entram em concordata. O mundo volta a ser analógico. Os aparelhos de leitura de livro explodem instantaneamente e, após isso, os livros voltam a ser editados em papel.

Então, Dorian pensa sobre aquilo: *"Por mais paradoxal que seja, precisou de um menino da Geração de Tela que leu seu primeiro livro aos vinte anos, nascer, para acabar exatamente com as telas"*. De repente, o sonho dá uma guinada. Ele não está mais no palco suntuoso, mas no segundo casamento de sua mãe. Ele pisa novamente na porra do tapete vermelho, caminha até os noivos e, ao entregar as alianças para o casal, leva um tapa no rosto. O tapa é tão forte que ele passa seis meses com as marcas dos dedos maternos na face esquerda.

Naquele momento, eu acordei e percebi que não foi um sonho, foi pesadelo, ou, talvez, uma premonição. Lembrei-me de Prostituta Tirésias, a Cega. Ela havia me dito: "A pessoa que você mais ama será a mesma pessoa que lhe fará sofrer. E você a amará ainda mais". Ela havia acertado em seu primeiro oráculo. Eu era um excelente amante, um Don Juan. Porém, não, ela ainda não havia acertado o segundo e o terceiro.

CAPÍTULO CXXI

PAPA

Em meu quinto *vernissage* só não veio o Papa. Porque ele tinha compromisso. Em compensação, promotores, juízes, desembargadores, políticos, todas as pessoas da mais alta classe francesa estavam presentes. Por um motivo único: Editora Cliente havia feito uma jogada de marketing absurda. Ela havia editado um livreto contendo os capítulos que levavam o leitor até o ponto de virada um, de forma que, ao chegarem a essa parte, eles desejariam ler o restante.

Seu plano havia dado tão certo que o salão onde estava sendo realizado o lançamento ficou pequeno. A fila para os autógrafos davam voltas no quarteirão. Nem mesmo a chuva fina que caía fez as pessoas saírem de seus lugares. Elas queriam um autógrafo de Dorian Gray e os teriam a qualquer custo. Quando minhas duas mãos estavam cansadas, pedi a Camille Mensageira que autografasse por mim. Contudo, diante das negativas e do tumulto, cumpri meu papel até que a última pessoa chegasse em minha mesa.

Era Editora Cliente. Ela abriu o livro, colocou-o sobre a mesa e, ao meu ouvido, disse em voz baixa: "Este é o último autógrafo de sua vida".

Quando acabei, fui direto ao hospital para ser tratado por um ortopedista. Passei um ano com os braços inchados, enfaixados e tentando entender por que ela havia dito aquelas palavras.

CAPÍTULO CXXII

MUSEU GUIMARÃES ROSA

A casa onde Guimarães Rosa nasceu, em Cordisburgo, havia se transformado em um museu havia muitos anos. Nele estavam os pertences do autor, a farda da Academia Brasileira de Letras, originais de livros publicados em várias línguas, entre outras coisas. Eu conhecia aquele museu, porque meu pai levara a mim e Enteada diversas vezes. Conhecia-o de cor e salteado.

Quando "Carta ao Celebrante" já era um sucesso mundial, quando o livro já havia vendido dez milhões de cópias, quando a Netflix já havia comprado os direitos para transformá-lo em série, o presidente do museu Guimarães Rosa me ligou para realizar uma palestra. Fazia sentido, pois "Carta ao Celebrante" também se passava em Cordisburgo. No livro havia uma frase daquele escritor, aquela escrita no cemitério da cidade. Ele pediu que eu os visitasse, para falar, especificamente, da fase do sítio e das lembranças daquela cidade.

A frase de Guimarães Rosa que eu havia lido no cemitério da cidade, quando ainda tinha dez anos de idade, era: "As pessoas não morrem, ficam encantadas". Eu a havia reformulado a meu bel-prazer e ficou da seguinte forma: "As cidades não morrem, ficam encantadas". Diferentemente de meu pai, que havia colocado Cordisburgo nas gavetas de sua consciência e nunca mais as havia aberto, aquela cidade para mim continuava viva e encantada. A foto com Enteada não me permitia guardá-la nas gavetas. Ela estava viva dentro de mim.

Aceitei o convite para voltar ao Brasil. Seria uma oportunidade de retornar àquele lugar de onde eu guardava ótimas lembranças, além de poder conhecer Taekwondo, filho de Princesa Cantora com Malhação e meu primeiro sobrinho. Peguei um avião, visitei minha irmã, apertei as bochechas daquele belo menino e, no dia seguinte, cheguei à cidade encantada. A palestra no museu mudaria minha vida por completo.

CAPÍTULO CXXIII

CASA ELEFANTE

Quando estava no Museu Guimarães Rosa, descobri que o espaço era tão pequeno, que mal comportava todos que queriam assistir à palestra. Ficava atrás da casa de Guimarães Rosa. Era um lugar mágico, pois ali vivera e brincara um dos maiores autores do Brasil.

Eu ainda estava com meus braços inchados e enfaixados por causa do *vernissage* de Paris. Por isso, avisei que não poderia dar autógrafos. Diante de dezenas de pessoas, contei sobre minhas lembranças de

Cordisburgo, no sítio. Falei das cachoeiras e da Casa Elefante. Contei também de quando meu pai me levou para pescar no lago artificial do hotel Arraial do Conto, onde eu havia fisgado duas grandes traíras tão grandes que ele as levou para fazer na cozinha do sítio, em vez de devolvê-las ao lago.

As pessoas riam das lembranças, dos casos, faziam perguntas que eram fáceis de responder. O livro, apesar de não ter sido escrito por mim, era sobre a minha vida. Eu vivi várias das cenas que estavam nele. Ao terminar a palestra, as pessoas me cumprimentavam com abraços. Depois, formaram uma grande fila para adquirir o livro e tirar foto comigo. Foi então que aconteceu.

No penúltimo lugar, estava a mesma menina que cinco anos atrás eu havia encontrado no parque Guanabara. Atrás dela estava Viúva Negra de Íris Jabuticaba. Incrédulo, a mesma vertigem de outrora me acometeu. Quando voltei, ela estava diante de mim com um copo d'água na mão. Bebi. Em pouco tempo, entramos no carro dela rumo às minhas mais doces lembranças.

CAPÍTULO CXXIV

ROCHA

Viúva Negra de Íris Jabuticaba me colocou em seu carro, deixou sua filha na casa da avó. Uma casa linda, no centro da cidade, ao lado do hospital. Depois pegou uma avenida que parecia uma autoestrada. Antes de sair da cidade, virou à direita e pegou uma estrada de terra. Seis quilômetros depois, chegamos a um sítio.

Ela abriu a porteira, voltou ao carro, dirigiu alguns metros e parou. Então, comecei a chorar. Chorei, porque aquela casa era a mesma que meu pai havia construído para Rainha Terceira. Estava escuro, mas as luminárias ouropretanas conseguiam clarear a fachada. Ela estava a meu lado. Suas lágrimas corriam tanto quanto as minhas. Quando me contive, virei para ela e disse: "Enteada!". Ela me abraçou.

Ao resgatarmos as forças, saímos do veículo. Enteada me levou direto para a casinha de criança que meu pai havia feito. Nós nos agachamos com muita dificuldade e entramos naquele ambiente onde, muitos anos antes, tiramos a foto que eu guardo ainda hoje. Lembrei a ela este fato e ela me disse que também guardava a mesma foto em sua estante. Revelou, ainda, que, quando viu aquela foto no meu apartamento, em Paris, soube que aquele jovem sedutor era a mesma pessoa que ela considerava como um irmão.

Saímos da casinha. Ela continuou a me mostrar, à luz da lua cheia, o curral, o galinheiro, a carroça, a casa do caseiro, as terras onde colhíamos feijão, onde plantávamos milho, além do chiqueiro. Lembrei-me do Casal Porco. Ela riu. Finalmente as emoções começavam a ceder, dando lugar à razão. Depois, fui ver Paloma, nossa vaca leiteira. Ela tinha trinta anos. Nenhuma vaca vivera tanto. Ninguém sabia explicar porque ela ainda estava ali. Quando ela me levou para rever a cozinha, nós nos sentamos. Perguntei: "Por que você fugiu de mim?". Ela, prontamente, respondeu: "O que você queria que eu fizesse? Namorasse o filho do homem que foi responsável pela morte da minha mãe?".

Aquelas palavras me feriram. Eu não tinha argumentos para contestar, mesmo assim, perguntei: "Se você pensa assim, por que me trouxe aqui?". Ela olhou para o teto da cozinha, um telhado de madeira com telhas coloniais. Olhou para as duas janelas que meu pai havia pintado de azul. Olhou para o fogão à lenha, construído com barro vermelho e enfeitado de ladrilhos. Quando não havia mais nada para olhar, ela disse: "Porque acho que minha filha merece conhecer o pai!".

Ficamos absurdamente emocionados! Minhas desconfianças se concretizaram. A filha de Enteada era minha filha. Ela era neta de Capitão Fantástico. Pedi que me levasse de volta à cidade. Chegamos à casa de Avó Médica e aquela doce menina de dez anos abriu o portão. Eu dei um abraço tão forte nela que seus ossos pareciam que iriam se quebrar.

Em seguida, eu a beijei no rosto e perguntei seu nome. Ela disse: "Rocha". Simples assim: Rocha. Pedi que Enteada me levasse de volta ao Museu onde estava meu carro.

CAPÍTULO CXXV

NOIVA

No caminho, disse a Enteada: "Eu preciso resolver algumas coisas em Paris. Não sei quanto tempo vai demorar. Só quero que saiba que eu voltarei. Quando eu voltar, nós vamos nos casar". "Impossível!", ela disse. "Estou noiva. Te procurei por muito tempo. Fui a Paris por três vezes. Voltei na mesma balada onde nos conhecemos, mas nunca, nunca te achei.

"Quando te vi naquele parque, eu pensei 'finalmente!'. Mas, quando aquela mulher colocou um bebê em seu colo, entendi que precisava seguir minha vida. Cedi aos encantos de um homem que me cortejava há muitos anos. Estou noiva. Daqui a seis meses vou me casar. Nosso tempo passou."

Olhei para aquelas jabuticabas, segurei seu rosto com delicadeza e a beijei. Ao terminar, disse: "Isso é o que vamos ver. Nunca mais vou te perder na vida!". Desci do carro. No dia seguinte, entrei no avião de volta a Paris.

CAPÍTULO CXXVI

PARTE DO SONHO

Estava diante de Editora Cliente. Ela havia recebido uma ligação dias antes. Era o responsável pela Academia Sueca, dizendo que dali a dois dias divulgariam o vencedor do Nobel de Literatura daquele ano. O homem revelou que o vencedor era Dorian Gray. O mais jovem Nobel de Literatura estava diante dela.

Era outubro. Pulei em sua mesa. Ao chegar do outro lado, ela me abraçou como nunca! Era a primeira vez na vida que ela abraçava um Nobel e não queria perder aquela oportunidade. Me despedi, peguei meu carro, entrei em meu apartamento e me deitei. Lembrei-me do meu sonho; ou melhor, parte dele. A parte que era sonho, estava se realizando. Eu faria meu discurso sobre voltar ao mundo analógico. A outra parte, porém, que era pesadelo, a parte do tapa, não aconteceria nunca. Era nisso que eu acreditava. Prostituta Tirésias, a Cega, errara descomunalmente.

CAPÍTULO CXXVII

LONGO

"Já comprei meu longo", foi a primeira frase que Rainha Segunda me disse quando viu o anúncio da Academia Sueca. Minha foto estava estampada em vários sites, ainda que poucas pessoas a vissem. Ela estava preparada para viajar até a Suécia, para assistir, ao vivo, à premiação que ocorreria dali a quinze dias. Aquela notícia era tão fantástica que eu mal podia me lembrar da raiva momentânea que eu senti, após a minha separação. Beijei-a à distância e desliguei o telefone, radiante!

CAPÍTULO CXXVIII

SILÊNCIO

Havia chegado ao maior estágio de Dorian Gray. Distraído com os preparativos para o prêmio, não percebi que ninguém, além de minha mãe, havia ligado para me felicitar. A fama também tem dessas coisas! Em minha prepotência, eu havia me esquecido de todos que me fizeram chegar onde eu estava agora. Entrevistas mil me faziam esquecer de tudo e de todos. Nada mais me interessava.

Depois do anúncio do prêmio Nobel de Literatura, minha vida virou um inferno. Eram tantas pessoas me ligando que tive que desligar o telefone. Eu precisava preparar meu discurso. Novamente, meu sonho sobre o prêmio Nobel me veio à mente. Sim, eu faria um discurso sobre a importância dos livros para a Geração de Tela. Nele contaria como a leitura do primeiro livro me salvou do ostracismo. Tudo seria tão maravilhoso que eu realmente acreditava que aconteceria uma revolução analógica, depois do meu discurso. Eu estava pronto para o grande dia.

CAPÍTULO CXXIX

FOGO

O grande salão já estava preparado para me receber. Ao meu lado, Rainha Segunda, Editora Cliente e ninguém mais. Estávamos sentados quando ouvi: "Por favor, Dorian Gray, suba ao palco". Levantei-me, percorri o salão sob aplausos e subi. Como no meu sonho, um grande tapete vermelho estava debaixo dos meus pés. O mundo estava a meus pés! Lembrei-me de meu pai, não por ele ser o responsável pelos livros que me levaram até ali, mas por me sentir um rei. Eu não era o mesmo rei pérfido que ele havia sido, mas sim um Rei legítimo, com quem as rainhas e os súditos viveriam como em um conto de fadas.

Ao me aproximar do cerimonialista para receber a medalha de ouro e o diploma, ouvi uma voz na plateia. Porém, como estava escuro, não identifiquei de quem era. Nem precisava. Ela subiu ao palco, junto a três homens que carregavam algumas caixas. Nelas havia centenas de CDs das mais variadas cores. Eles jogaram aquelas caixas no chão, e os CDs se espalharam como peixes.

Era Editora Cliente que estava no palco. Aquela cena era muito surreal para acreditar. O que ela estava fazendo ali no momento mais importante da minha carreira? Ela era minha editora, claro. Eu a citaria em meu discurso, claro. Não precisava querer aparecer tanto. Quando Editora Cliente começou a falar, porém, eu vi o curto-circuito responsável por queimar o quadro de Dorian Gray. Ela começou seu discurso dizendo que eu era um menino que roubava livros e que o prêmio estava manchado! Eu olhei para os lados e tentei fugir. Mas os mesmos homens que trouxeram as caixas de CDs me seguraram e me fizeram ouvir tudo o que tinha para ouvir. Minha editora continuou dizendo que, na verdade, os livros que eu supostamente havia escrito, haviam sido escritos pelo meu pai. Disse, ainda, que aquele prêmio deveria ser retirado de mim, porque eu era uma farsa. Aqueles CDs serviriam como provas.

Naquele mesmo instante, em Paris, uma casa antiga começava a se incendiar. Contudo, eu ainda não sabia. Era a casa onde dormiam Escura e Alessandro. O fogo subia no sótão, queimando meu retrato junto a Enteada e levando consigo minha agenda de clientes. Dorian Gray estava morrendo novamente, desnudado em meu corpo. Eu voltaria a ser chamado de Abençoado, o nome que eu mesmo havia me dado. Depois do escândalo, Editora Cliente passou por mim e disse: "Jamais chantageie uma francesa. Não do meu nível!".

CAPÍTULO CXXX

AMOR DE MÃE

Dentro de nosso quarto, em Estocolmo, eu olhava minha mãe e perguntava: "Como isso aconteceu? Como fui descoberto?". Ela abriu um vinho, me ofereceu uma taça e disse: "Veja bem, mães não estão preocupadas se o filho será rico ou famoso. Mães querem filhos íntegros. Se forem ricos e famosos com integridade, ótimo! Era por isso que eu te criava com rigidez. Um dia, eu estava em um shopping de Belo Horizonte e entrei na livraria Leitura. De repente, vi o livro 'Arrudinha e Pampulinha' editado com o nome de Dorian Gray. Eu me perguntei, 'Como assim?'.

"Eu havia ajudado seu pai a escrever aquele livro. Ele ficava no notebook lendo as cenas para mim. Eu criei o título daquele livro. Você sabe, eu sou coautora daquela obra. Comprei um exemplar, peguei o telefone da Métallique, liguei e Editora Cliente atendeu. Eu perguntei, 'Quem é Dorian Gray? Por que Arrudinha e Pampulinha está editado com o nome de Dorian Gray? Este livro não é dele. É meu e do meu ex-marido.'

"Dias depois, eu desembarquei na capital francesa e visitei Editora Cliente. Ela me mostrou sua foto e disse que era Dorian Gray. Meu filho era Dorian Gray! Quase caí para trás! Tive que me conter. Quando ela me mostrou os outros livros que você havia escrito, contei toda verdade. Disse que poderia provar que aqueles livros não eram seus. Foi por isso que te visitei de surpresa.

"Ao voltar ao Brasil, liguei para Princesa Cantora. Ela me levou à casa abandonada de seu pai. Peguei os CDs que estavam na biblioteca e enviei para ela. Perguntei à Editora Cliente o dia em que revelaríamos a sua farsa. Ela sugeriu que esperássemos, para ver até aonde você iria com esta história. Então, surgiu a grande oportunidade. Ela editou Carta ao Celebrante e você foi premiado com o Nobel de Literatura. Ela disse: 'Chegou a hora. No dia que ele for receber o Nobel, nós vamos desnudá-lo'. Não poderia haver data melhor!"

Eu a ouvia envergonhado. Perguntei: "Que CDs eram aqueles que eles jogaram no palco?". Ela respondeu: "Seu pai nunca publicou livros. Mas ele pediu a Primo Ator que os gravassem em estúdio e, em poucos meses, estavam prontos os audiolivros das obras. Como seu pai não tinha interesse em divulgá-los, guardou os CDs na casa onde mora. Você nunca os reparou porque eles ficavam na estante da biblioteca. Era a parte da casa que você nunca havia entrado".

CAPÍTULO CXXXI

TAPA NO ROSTO

Enquanto a olhava pelo reflexo da taça de vinho, eu sabia que viria mais coisa. Ela continuou: "Você acha que consegue enganar sua mãe? Você acha que eu acreditei que você, com dezessete anos, tinha dinheiro suficiente para alugar um apartamento, para comprar três passagens aéreas, vendendo perfumes? Ela me disse de onde vinha o seu dinheiro, me mostrou o vídeo chantageador. Sabe de uma coisa, o culpado disso é seu pai. Ele te comprou, desde muito cedo, com computadores de última geração, com aquele quarto maravilhoso, com piscina, *spa*. Ele te ensinou que o caminho da vida é fácil. Eu sabia que isso um dia daria merda. E o que aconteceu? Como você adorou se vender, na primeira oportunidade que teve, vendeu sua dignidade!".

Naquele momento, eu quis brincar, para descontrair um pouco. Ela estava muito tensa. Então, eu disse: "Não era tão fácil assim. Tem cada mulher que só Jesus na Cruz!". Foi a pior coisa que fiz. O tom sarcástico dito em um momento de seriedade fez minha mãe ordenar que eu ajoelhasse perante dela. Ela pegou em meu rosto e, quando achei que ia beijá-lo, ela levou o braço direito para trás. Quando ele voltou, eu levei um tapa no rosto tão forte que as marcas de seus dedos ficaram por seis meses estampadas na minha face esquerda. Aquilo me doeu na alma. Ela não estava brincando. Eu me lembrei do sonho que havia virado pesadelo.

Rainha Segunda continuou seu discurso: "Enquanto eu viver, vou te educar! Não adianta achar que só porque você tem trinta anos, eu vou parar de te educar. Eu não criei um marginal! Eu criei um filho íntegro!".

Então, eu chorei, não apenas por causa da dor, mas também pela humilhação. Compreendi o que Prostituta Tirésias, a Cega, havia dito: "A pessoa que você mais ama, será a mesma pessoa que lhe fará sofrer. E você a amará ainda mais".

CAPÍTULO CXXXII

PERDÃO

Eu estava sentado no chão da sala. Levantei os olhos. Minha mãe estava à mesa. Havia algo que precisava falar. Algo que me intrigava, motivo de meu primeiro ódio por ela: "Você contou tudo para Escura, não é? Quando você foi embora, ela pediu a separação definitiva". "Sim", ela disse. "O amor é assim. Eu não ia permitir que ela ficasse com você sem saber quem você havia sido. Se ela te amasse verdadeiramente, te perdoaria, como estou te perdoando agora."

CAPÍTULO CXXXIII

JESUS

Ela voltou a beber o vinho. Eu me sentei, olhei em seus olhos verdes e disse: "Obrigado! Por tudo, obrigado!"

Aquelas palavras serviram para amolecer seu coração. Ela riu pela primeira vez naquela noite: "Tem outra coisa que preciso te falar, meu filho". Interrompi-a: "Não, não precisa falar mais nada. Eu entendi tudo. Você nunca mais terá decepções comigo". Ela continuou: "Não é sobre você. É sobre mim. Vou me casar novamente". Era minha vez de rir. Eu falei: "Que maravilha! Nem sabia que estava namorando. Quem é o noivo?". "Jesus", ela respondeu. Quando ela disse "Jesus", eu gargalhei. Ela, então, reafirmou: "É sério! Vou sair do banco e me tornar missionária. Vou levar a palavra de Jesus aos quatro cantos do mundo. Já fiz o curso. Serei consagrada na igreja de Avô Pastor".

Eu achei lindas aquelas palavras! Minha mãe, uma missionária. *"Que trabalho maravilhoso!"*, pensei. Para completar, eu disse: "É o melhor padrasto que você poderia arrumar para mim. Neste casamento eu vou". E fui.

CAPÍTULO CXXXIV

A VOLTA

    Cheguei a Paris e fui direto à casa da minha sogra, aquela mesma casa que havia sido meu primeiro lar. Entrei, abracei Escura e beijei tanto Alessandro que ele até chorou. Ela me contou sobre o incêndio. Disse que, do nada, começou um curto-circuito. Ela estava dormindo e não percebeu. Acordou com os vizinhos arrombando a porta da sala e gritando seu nome. Eles correram para buscar nosso filho no quarto e, por milagre, conseguiram escapar das chamas.

    Ela ainda não sabia nada sobre os últimos acontecimentos de minha vida. Estranhou quando disse a ela que eu voltaria para o Brasil e quis saber os motivos por um ato tão repentino. Sim, estávamos separados, mas Alessandro era nosso filho. Minha presença era importante na vida dele. Ela disse: "Você fará falta!". Eu a abracei e disse que aquilo, naquele momento, era necessário e que, talvez, um dia, conversaríamos sobre tudo.

CAPÍTULO CXXXV

CONTRATO DESFEITO

    Saí dali e fui direto à Métallique. Editora Cliente me recebeu. Sentei-me à sua frente. Ela me disse: "Mandei recolher todos os livros. Nosso contrato está desfeito. Farei os últimos pagamentos referentes às últimas obras vendidas. Depois disso, meu amigo, quando todos os livros estiverem aqui, eu lhes envio e você faça o que bem entender com eles.

    "Outra coisa. Não vou te processar. Não pense você que é por causa dos vídeos. Não estou ligando pra isso. Minha decisão é em consideração ao seu pai e a sua mãe. Acho que eles não merecem ver um filho preso. Quero que siga sua vida e desejo que, a partir de agora, você escolha bons caminhos."

Eu não disse uma palavra. Quando estava saindo de sua sala, ela me falou: "Fiquei sabendo do incêndio. Sua família está bem?". Balancei a cabeça afirmativamente e fechei as portas para a literatura, até ter uma ideia que se encaixaria em minha futura vida provinciana.

CAPÍTULO CXXXVI

FILHO PRÓDIGO

Do aeroporto de Confins, liguei para meu pai. Eu sabia que ele havia voltado a morar em seu Castelo. Perguntei: "Você me aceita de volta?". Ele riu: "O bom filho à casa torna. Os filhos pródigos sempre tornam!".

Uma hora depois, eu cheguei. Ele estava me esperando na garagem. Abriu a porta principal. Entrei com minhas malas. Então ele me levou ao meu quarto, que àquela altura, estava limpo e perfumado por nossa amiga e colaboradora Resiliência. Ele disse: "Seu velho computador te espera!".

Havia anos que não jogava. Liguei aquela velha máquina, ela estava lenta. Passei horas no meu velho mundo, ouvindo vozes pelos fones. Com o tempo, senti fome. Desci as escadas e vi meu pai novamente. Ele estava ao lado de uma velha senhora, de mãos dadas, sentado à mesa da cozinha. Eu a reconheci pelos olhos. Era a mesma mulher que, anos antes, me revelou um segredo que me jogou em busca de meu caminho do meio. Cumprimentei-a, meio sem graça. Chamei meu pai para a área da piscina, retirei de minha mochila a edição francesa de "Carta ao Celebrante", autografei e entreguei para ele. Ele olhou a capa, riu e disse: "Ficou lindo!".

CAPÍTULO CXXXVII

ASILO

Viúva Negra de Íris Amarela veio até nós. Ouvi meu pai dizer que, quando voltou da Suíça, ligou para Prima Esfinge, que lhe informou onde ela estava. Chegando lá, antes de abrir o portão do asilo, o porteiro perguntou se ele ia se juntar aos velhos. Ele riu e disse que não, que ia retirar uma delas. Andou pelos jardins do lugar e a encontrou em um banco, solitária. Ela olhou para ele e disse: "Filho da Puta! Por que demorou tanto?". Ele a colocou no carro e, meia hora depois, abriu as portas da casa onde moravam juntos agora.

Naquele momento, lembrei-me de *O Amor nos Tempos do Cólera*. Não existem amores impossíveis: o que existe é o tempo para eles se realizarem. O tempo deles havia chegado. Ele tinha setenta anos e ela sessenta. Finalmente, viveriam tudo que tinham a viver.

CAPÍTULO CXXXVIII

LISTA DE CONVIDADOS

Havia seis meses que, dentro daquele carro, eu disse a Enteada: "Me espere. Eu vou voltar e vamos nos casar". Ela disse que não podia porque estava noiva, e que aquilo era impossível. Eu respondi que nunca mais a perderia na vida. Por ela e por Rocha, nossa filha. Peguei a caminhonete de meu pai e cheguei no dia de seu casamento. Faltava uma hora para a cerimônia. A linda igreja de Cordisburgo estava enfeitada. Os convidados a lotavam. Eu entrei na casa de Avó Médica. Enteada estava se maquiando em seu dia de noiva. Quando ela me viu, não acreditou. As lágrimas começaram a estragar quatro horas de pintura facial. Estendi as mãos, coloquei-a no carro e peguei a estrada de terra.

Dois quilômetros depois, eu parei. Aquela mesma lagoa, que um dia meu pai havia matado um falso jacaré, ainda estava ali, como a dizer: "Ei, vocês se lembram de mim? Eu faço parte das lembranças de vocês!". Ficamos a observando por algum tempo. Em nosso íntimo, só nós sabíamos o que estávamos lembrando. Acelerei o carro novamente. Quatro quilômetros depois, ela abria a porteira do sítio.

Saímos do veículo. Andamos por alguns metros e paramos exatamente onde, vinte e cinco anos antes, começamos a caminhar para entregar as alianças a nossos pais.

Cada qual sabia como havia sido aquela cena. Juntos, vimos os convidados, o tapete vermelho e o celebrante. Juntos, vimos o sol se pondo de um lado e a lua saindo do outro.

Ela já estava em seu vestido. Eu disse: "Uma vez, uma vidente cega me disse três oráculos. Dois já se realizaram, porque oráculos nunca falham. O terceiro é: 'A mulher da sua vida estará onde você menos imagina'. Você vai se casar comigo aqui. Neste mesmo lugar. Foi aqui que nossa história começou. É aqui que ela vai recomeçar e terminar. Por mim, por você e por nossa filha". Então, nos viramos um para outro, nos abraçamos e nos beijamos.

Entrei no carro, deixei-a em frente à igreja e voltei para Belo Horizonte. Faltava um minuto para ela entrar no tapete vermelho. Horas depois, ela me ligou e disse: "Eu tenho uma festa de casamento que está paga. Como ela ainda não foi realizada, quero que você escolha a data". E começamos a fazer a lista de convidados.

CAPÍTULO CXXXIX

QUARTO CASAMENTO

Eu estava no altar, em uma igreja simples onde Avô Pastor pregava todos os domingos para os fiéis. Rainha Segunda começava seu quarto cortejo. Estava vestida de noiva. Ela fez questão daquele vestido branco. Sozinha, enquanto caminhava, eu a observava com orgulho.

Quando ela chegou, Avô Pastor desceu do palco e a ajudou a subir as escadas. Porém, antes de começar a consagrá-la como missionária, olhou para mim e, diante dos fiéis, disse: "Tudo tem seu tempo. Há trinta anos, eu quis apresentar este jovem a vocês. Ele era um bebê. Contratempos não permitiram. Mas, finalmente, chegou a hora. Por isso, gostaria que dessem uma salva de palmas a Abençoado".

Ao terminarem os aplausos, ele virou-se para minha mãe e disse: "Chegou a hora. A hora de se dedicar a Jesus. Seus caminhos a trouxeram até aqui e não tem mais volta. De certa forma, você desejou isso desde o primeiro dia em que entrou nesta igreja. A vida deu voltas, você nos abandonou. Mas, agora, enxergou a luz. Ao enxergá-la, percebeu que seu mundo é aqui. Eu te recebo e te consagro. Você agora é uma missionária. Levará a palavra de Cristo aos infiéis e os converterá, mostrando-lhes o caminho do amor".

Depois dos últimos aplausos, abracei minha mãe e lhe desejei sorte. Eu disse que, antes de partir, ela teria um último compromisso: ir ao meu casamento, conhecer sua nova nora e sua nova neta, levando, é claro, meu mais famoso e adorável padrasto.

CAPÍTULO CXL

LISTA INFINITA

Estava junto à Princesa Cantora, meu pai e Viúva Negra de Íris Amarela. O ciúme de minha irmã tinha se arrefecido. Ela já tinha aceitado a nova madrasta. Sentados à beira da piscina, preparávamos a lista de convidados. Dias antes, eu havia contado a novidade sobre como o destino havia nos unido, a mim e Enteada. Mesmo que ainda estivessem perplexos, mesmo que pudessem não acreditar naquela história, as ligações em vídeo com Enteada mostravam que sim, era ela.

    Meu pai a viu em uma daquelas ligações e a reconheceu. Embora eu não tenha tido coragem de mostrar o rosto dele. Ele me disse que não iria àquele casamento. Por mais que tivesse vontade e que fosse reencontrar os amigos que havia feito na família de Rainha Terceira, ele não poderia ir. O motivo era: não queria roubar a cena. Ele não poderia fazer isso com os noivos. Aquelas pessoas não o condenaram, mas também não o perdoaram. Ele era o motivo, a causa principal da morte de Rainha Terceira.

    Entendi seus argumentos e não o obriguei, porque sabia que aquilo seria muito pesado para sua idade. A lista de convidados estava pronta. Era tanta gente que chegava a ser infinita.

CAPÍTULO CXLI

AGNÓSTICO

    Ainda havia algo que me incomodava: Viúva Negra de Íris Amarela. Aquela casa não era minha, em breve me casaria e seguiria minha vida. Assim, eles teriam paz para realizarem os sonhos mais loucos que dois anciões pudessem imaginar. Mas eu ainda estava morando ali, junto à mulher que um dia tinha sido a causa de meu passado tortuoso. Eu descia as escadas e a encontrava tomando café, almoçando, ouvindo música, assistindo a filmes. Por mais que tentasse, não conseguia disfarçar meus sentimentos.

    Meu pai, há muito, havia percebido meu desgosto. Um dia, estávamos a sós. Eu disse a ele: "Pai, como você pôde voltar para esta mulher?". Ele olhou no fundo de meus olhos, pensou e começou a falar: "Sabe por que sempre fui agnóstico? Porque para mim, pouco importa se Deus existe ou não. Por um motivo simples. Se ele existir, independentemente do que eu seja, eu também sou filho dele. Se ele não existir, eu não passei minha vida perdendo tempo em acessar o inacessível. Os agnósticos são da paz. Nós não brigamos por religiões". "Ótimo!", falei. "Mas, o que isso tem a ver com minha pergunta?"

"Quando me casei com sua mãe, eu sabia que a minha forma de pensar acabaria com meu casamento. Avó Oradeira ficou contra o tempo todo. Ela sabia disso também. Ela havia percebido que eu não era um deles, que eu não poderia ser um deles. Quando Avô Pastor me pediu para apresentá-lo aos fiéis, eu disse não. Falei que te ensinaria sobre todas as religiões e, se você quisesse seguir alguma, estava tudo bem. Depois desse dia, a relação ficou insustentável. Eu sabia que não dava mais para continuar casado. Era um patinho feio na família de sua mãe. Conviver com aquela família, para mim, passou a ser um martírio."

Eu o escutava atentamente. Ele continuou: "Você passou a vida inteira pensando que foi Viúva Negra de Íris Amarela que me separou de sua mãe. Não foi. Nenhuma mulher, nenhuma amante, tem poder de destruir uma família, se a família já não estiver destruída. Por incrível que pareça, quando eu compreendi isso, eu também perdoei meu pai. Uma pena ele ter morrido sem que eu pudesse dizer isso a ele. Por essa razão, ela está aqui. Não é para te afrontar, mas, sim, porque ela é e sempre foi meu amor impossível!".

Pronto. Aquele cara conseguiu me convencer. Para descontrair, falei: "Até se passarem cinco anos". Ele riu muito dessa frase e completou: "Bem. Isso realmente eu não posso dizer. Vamos ver quando chegar lá".

CAPÍTULO CXLII

LIVRARIA ALESSANDRO ROCHA

Cliente Editora tinha me ligado para dizer que havia conseguido reunir os livros forjados e que precisava me enviar. Eu contei que estava morando no Brasil. Sendo assim, ela preparou a carga e mandou por avião. Eles ficaram por pouco tempo em Confins. Trinta dias antes de meu casamento fui a Cordisburgo. Enteada me recebeu. Eu disse: "Preciso de uma renda. O fogo destruiu quase tudo que eu tinha. Minha ideia é morarmos no sítio depois do casamento. Eu tenho um bocado de livros parados em Confins, esperando para serem retirados. O que acha de abrirmos a primeira livraria de Cordisburgo?".

Enteada riu. Riu, porque tinha vontade de morar no sítio. Era médica como a avó e atendia seus pacientes no hospital da cidade. Riu também por causa da livraria. Era uma ideia pouco comum, mas poderia dar certo. Ela me apoiou.

Com dois dias, encontrei a loja ideal. Ela ficava ao lado do Bar do Ivair. Com uma semana, reformei-a e coloquei as prateleiras. Depois de três dias, os livros chegaram. Com um dia, eu pintei a fachada e coloquei uma placa com o nome: "Livraria Alessandro Rocha".

Depois do casamento, comecei ali minha vida digna, meu primeiro empreendimento. Uma livraria estranha, claro, porque nela havia apenas cinco livros para vender: os livros forjados de meu pai.

CAPÍTULO CXLIII

UMA CARTA

Havia outra coisa a resolver. Enteada era católica. Eu nunca havia sido batizado. Ainda que meu pai tenha feito um teatro em sua casa, quando eu disse que queria ser católico. Eu havia escolhido Tio Trismegisto e Tia Filósofa como padrinhos. O padre foi Tio Cantor. Eu tinha onze anos. Tio Cantor recitou alguns versículos com a Bíblia na mão. Depois, jogou água na minha cabeça. Pronto! Eu estava batizado. Eu sabia que a igreja não aceitaria isso. Portanto, disse a Enteada: "Vamos chamar um celebrante para realizar a cerimônia".

Ela tremeu e disse: "Mostre-me um casamento realizado por um celebrante que tenha dado certo, e lhe mostrarei mil que não deram". Concordei e disse: "Nós não temos escolhas. Nenhum padre vai nos casar. Mas, você acredita mesmo que o celebrante possa influenciar nisso?". Ela pensou bastante e disse: "Verdade. Vamos deixar de superstições".

Estávamos no sítio. Era noite. No outro dia, eu acordei e fui à cozinha preparar ovos cozidos. Quando ela levantou, chegou até mim e disse: "Bom dia. Já que decidimos assim, você precisa escrever uma carta para o celebrante ler na hora da cerimônia". Indaguei: "Como assim?". Ela respondeu: "Uma carta contando a nossa história. Tem que ser linda e sucinta. É nela que ele vai se basear para que as pessoas possam conhecer um pouco de nós". Disse: "Ah! Sim, claro! Difícil isso. Colocar em uma lauda a história de uma vida. Mas vou tentar".

Rabisquei algumas palavras. Porém, quanto mais eu tentava, menos conseguia. Então, tive uma ideia. Eu não ia escrever aquilo. Havia uma pessoa melhor para fazê-lo: meu Ghost Writer favorito. Ele era a pessoa indicada. Voltei a Belo Horizonte, passei a missão a meu pai. Ele aceitou de bom grado. Ele era escritor; eu, não.

CAPÍTULO CXLIV

PREPARATIVOS

Tia Preferia estava em êxtase! Por mais que sua imaginação fosse fértil, jamais poderia imaginar que, um dia, aquela menina que viu chorando e sorrindo ao mesmo tempo, quando meu pai tirou dinheiro de sua orelha, poderia ser minha esposa. "Como o mundo dá voltas!", Tia Preferida disse.

Eu havia a convocado, junto com Tia Larica e Tia Esfinge, para me ajudar nos preparativos da festa. Uma semana antes do casamento, entramos naquele mesmo sítio, que há vinte e cinco anos havia se fechado para minha família. Depois que as lembranças foram aplacadas, as tias começaram a preparar os enfeites da festa.

O sítio novamente voltou a ter a alegria dos Coutinho, Garcia e Carvalho. Os doces foram encomendados a Tia Avó Bar que, junto à Prima Sétima, passou dois meses fabricando-os. Teríamos bombons, cajuzinhos, brigadeiros e bem-casados. Eram tantos doces que Tia Avó Bar teve tendinite e passou a cerimônia com os pulsos enfaixados.

O comando dos garçons ficou a cargo de Tio Maconha que, pela experiência adquirida na praia, quando trabalhava descalço como atendente, aprendeu tudo sobre a profissão. Ele daria um show neste quesito. Como não poderia deixar de ser, Princesa Cantora cuidou da música, traria a banda e mostraria seu repertório para os convidados. A única exigência que fiz é que fosse mais eclética. Aquela não era uma festa só de mulheres, como havia sido em meu primeiro *vernissage*. A comida ficou por conta de Tio Comédia e Tia Ketlin. Ketlin porque, quando bebia, sua outra personalidade aparecia. Junto das filhas, eles fizeram trezentos quilos de arroz, oitocentos quilos de tropeiro e assaram quatrocentos e noventa quilos de pernil.

As bebidas ficaram aos cuidados de Tio Independente, porque toda vez que ele bebia, de dez palavras que falava, nove eram "independente". Ele teve a ajuda de Tia Orçamento, que passou anos fazendo orçamento, e nunca comprava nada. Eles ficaram encarregados de comprar milhares de litros de Chopp e de preparar novecentas doses de drink. Contudo, antes da festa, Tio Independente já havia começado a beber e a falar "independente". Então, Tia Orçamento percebeu e pediu a ele para se segurar, diminuir na bebida, com medo de acabar. Ele atendeu ao pedido. Esse fato foi crucial porque, como dizemos em Minas, "não sobrou, nem faltou".

CAPÍTULO CXLV

A CERIMÔNIA

Estava tudo pronto. De um lado, meus convidados. Primos Primeiro, Segundo e o restante de minha família. Camille Mensageira, com seu rosto tatuado de minha boca, estava ao lado de Cliente Editora, junto a seiscentas e vinte mulheres que davam graça e beleza ao ambiente. Escura e Prostituta Tirésias, a Cega, estavam lado a lado. Rainha Primeira chegou iluminada com Tô. Rainha Segunda estava ao lado de Irmã Morena e de um homem barbudo, vestido em uma túnica, de nome Jesus. Avô Pastor e Avó Oradeira os acompanhavam, orgulhosos pelo genro. Professora Mestra, com seu rabo de bezerro, estava ao lado de Orientador, seu amor impossível. Além de todos os outros personagens que não consigo citar aqui. Em cima, no céu, em algum lugar entre a lua e o sol, estava Rainha Terceira. Eu tinha tantos convidados que tivemos que colocar cadeiras além da cerca, invadindo a fazenda de Pretinho, nosso amigo colaborador. Algo em torno de dez hectares foram usados, para caberem todos sentados.

Do outro lado, a família de Enteada. Rochas de todos os tamanhos e de todas as idades, inclusive da idade da pedra, estavam sentadas nas cadeiras destinadas aos convidados da noiva. Meu pai amava aquela família, porque dizia que eles eram amigos, divertidos e muito trabalhadores. Junto a eles, quatro pessoas especiais que meu pai também adorava: Caminhoneiro, Depiladora, Advogado e Contadora. Enteada havia escolhido a música que queria entrar. Era uma canção do grupo Detonautas. Ela seria cantada por Tio Cantor, que tinha a voz mais doce do universo, por Tio Doutor que era seu irmão e por Tio Poeta, que falava coisas lindas. E poéticas. Eles faziam um lindo trieto. A letra dizia:

Quando eu me perco, é quando eu te encontro.

Quando eu me solto, seus olhos me veem.
Quando eu me iludo, é quando eu te esqueço.
Quando eu te tenho, eu me sinto tão bem.
Você me fez sentir de novo o que eu
Já não me importava mais.
Você me faz tão bem!
Você me faz, você me faz tão bem!
Quando eu te invado de silêncio,
Você conforta a minha dor com atenção.
E quando eu durmo no seu colo,
Você me faz sentir de novo
O que eu já não sentia mais.

Eu não queria entrar em cortejo porque minha face esquerda ainda continha as marcas dos dedos de minha mãe. Por isso, tive vergonha. Cheguei cedo e me juntei ao celebrante, no altar.

Então, ela apareceu, linda, deslumbrante, radiante! Naquele momento, lembrei-me do dia em que estava com meu pai debaixo do pé de caqui. Ele havia me dito: "Qual pílula você quer tomar, a azul ou a vermelha? A vermelha te fará esquecer de tudo. A azul te manterá em seus pensamentos". Compreendi o porquê daquela pergunta. Eu tomaria a pílula azul, pois nunca ia querer esquecer de Enteada.

Quando a música tema começou a tocar, todos se levantaram. Ela começou a caminhar sobre o tapete vermelho. Os convidados, como se tivessem ensaiado, cantaram juntos: "Você me fez sentir de novo o que eu já não me importava mais. Você me faz, você me faz tão bem!".

Ela chegou, eu a beijei, viramos para o celebrante e ficamos esperando-o iniciar a cerimônia. Ele disse: "Boa noite a todos". Depois, calou-se, pois, naquele momento, um burburinho começou a ser ouvido entre os convidados. Quando olhei para trás, ele, o meu Capitão Fantástico, estava roubando a cena, vindo em nossa direção, acompanhado de Viúva Negra de Íris Amarela. Aquela cena inacreditável havia tirado, como ele previra, todo o foco dos noivos. E eu não me importei.

Ele deixou a amada sentada em uma cadeira que estava estranhamente vazia, aproximou-se de nós, deu um beijo na testa de Enteada, olhou para o celebrante e disse: "Me desculpe. Tenho medo de que minha sina acometa este casal". O celebrante, mesmo sem entender, tirou suas vestes e eles trocaram de roupa.

CAPÍTULO CXLVI

DE COR E SALTEADO

De frente para nós, tendo ao fundo incontáveis convidados, ele retirou um livro autografado por mim e iniciou a mais longa cerimônia que se ouviu falar entre todos os casamentos do mundo.

"Há várias maneiras de se marcar a infância de duas crianças. De todas, meu pai escolheu a mais estúpida. Estávamos em uma caminhonete, eu, Enteada e ele, em uma estrada de terra, indo para o sítio. Ele deu um grito, freou o carro bruscamente perto de uma lagoa que ficava à margem da estrada, desceu, atravessou a cerca de arame farpado, saiu correndo, pegou um jacaré, lutou com ele e o matou..."

Depois de três horas, porque ele tinha leitura dinâmica, havia lido "Carta ao Celebrante" inteiro para todos os convidados, incluindo o celebrante, que àquela altura estava indo embora, envergonhado. Anos depois, fiquei sabendo que após aquele dia, ele se aposentou.

Por mais longa que fosse aquela cerimônia, ninguém arredou o pé. Todos, em algum momento da história, foram citados. Ao terminar a leitura, Capitão Fantástico disse: "Podem trazer as alianças". No fim do tapete vermelho, vimos Alessandro e Rocha. Eles carregavam, de mãos dadas, uma caixinha contendo os anéis que uniriam para sempre Abençoado e Enteada. Então, olhei para ela. Olhei dentro daqueles olhos jabuticaba e, quando ela olhou para mim, já sabia tudo o que se passava em minha mente, porque tudo que se passava em minha mente, também se passava na dela.

Vinte e cinco anos atrás nós pisávamos naquele tapete vermelho, tal qual faziam nossos filhos. Ela feliz, eu odiando. Vinte e cinco anos atrás, aquela menina espoleta, que me atazanava, me batia, me mordia, mas também me abraçava, me beijava inocentemente, me acolhia, agora era a mesma menina-mulher que estava me dando uma família maravilhosa.

Ao voltarmos de nossas lembranças, beijamos aquelas crianças e entregamos as alianças ao Capitão Fantástico. Ele as colocou em nossos dedos. Nós dissemos "sim", porque o "não" era uma palavra que não havia em nossos dicionários. Enteada, finalmente, perdoou meu pai.

Acima de nossas cabeças, uma estrela cadente iluminava o céu estrelado, como se dissesse: "Ei, eu também estou aqui, sou Rainha Terceira e abençoo vocês".

Quando terminou, abracei meu pai e disse: "Não sabia que você lia em francês". Ele disse: "Nem eu. Não sei uma palavra desse lindo idioma". "Mas como conseguiu ler tudo então?", questionei. Ele respondeu: "Eu não li. Só fingi. Eu sei este livro de cor e salteado".

CAPÍTULO CXLVII

HORTÊNCIA

Tem algo que eu nunca disse. Meu pai havia construído naquele sítio um lindo jardim, repleto das mais variadas flores. Ele ficava no lugar onde o pai de Rainha Terceira construiria sua casa, se não tivesse morrido antes. O lugar era distante da casa principal, porque meu pai achou que uma casa de frente para o pé de manga ubá ficaria muito mais aconchegante. Para homenagear o sogro que nunca conheceu, em respeito, construiu ali um lugar iluminado.

Eu estava cansado. Depois de cumprimentar todos os convidados, fiz questão de falar apenas com três pessoas. Uma delas foi Tia Preferida. Puxei-a para um canto e disse: "Lembra da vez em que estávamos no aeroporto, no dia que fui com meu pai para Suíça? Então. Eu enxergo mal, mas escuto muito bem. Eu ouvi você dizendo para ele levar o segredo de vocês para o túmulo. Que segredo é esse?". Ela riu, virou-se para mim e disse: "Você consegue guardar segredo?". Eufórico, respondi que sim. Ela completou: "Eu também". Nós rimos, eu a abracei e agradeci por tudo que havia feito por mim, porque ela, sem saber, ao fazer feijão tropeiro, meu prato preferido, amenizou minhas dores.

Olhei para o lado e vi Tio Preferido. Abracei-o e disse: "Posso te falar uma coisa? Você é, e sempre vai ser, meu segundo pai. Obrigado por tudo. Pelos ensinamentos, pelas brincadeiras, por ter me acolhido. Você transformou, com seu jeito sábio de ser, minha infância em uma grande festa. Hoje, no dia mais importante da minha vida, eu te digo que parte de mim é o que você é. Eu me orgulho muito disso!".

Depois, caminhei até Princesa Cantora. Ela estava no palco com a banda. Parei a música, e o restinho de Dorian Gray, de minha personalidade sol, que havia ficado em mim, acabaria ao fim de meu discurso. Peguei o microfone. A banda parou. De frente para Princesa Cantora, estendi a mão esquerda, a mão da aliança. Ela a segurou. Então, comecei a falar: "Você foi meu porto seguro. Quando você me estendia o ombro, eu me erguia. Quando ninguém acreditava em meus planos absurdos, você me fazia crer que poderia dar certo. Poderia até ter dado, não fosse Rainha Segunda".

Aquelas palavras fizeram todos rir, até minha mãe, até Jesus. Eu continuei: "Lembra quando Capitão Fantástico nos contava a história do filho alcoólatra e do filho abstêmio? Sabe o que eu acho, Princesa Cantora? Nós não somos nem um, nem outro, porque ambos são extremos e, nos extremos, não há vida, não há respeito pelo diferente. Nos extremos só há dor, guerra e aniquilações. Por isso, diante de todos os convidados, queria te propor uma aliança. Venha morar comigo no caminho do meio. No caminho do equilíbrio, respeitando os conservadores e os progressistas".

Depois disso, nos abraçamos. E eu voltei a ser lua. Para terminar, pedi a banda a nota "mi". Comecei a cantar para ela: "Por você, eu dançaria tango no teto, eu limparia os trilhos do metrô, eu iria a pé do Rio a Salvador". Como eu era muito desafinado, deixei que ela cantasse o resto.

Havia chegado a hora. Quando a música brega sertaneja começou, chamei Enteada, Rocha, Escura, Alessandro e juntos caminhamos para o jardim. Chegando lá, nos deitamos sobre as flores e dormimos. Quando acordei com o sol raiando, Escura e Alessandro estavam indo embora. Eu me levantei, caminhei até eles, beijei Alessandro e pedi desculpas a Escura. Ela disse: "Fique em paz. Estou bem e sempre seremos amigos".

Olhei para o lado, vi minha esposa e minha filha. Elas continuavam a dormir. Ao lado de Enteada havia uma flor tão linda que ela seria, a partir dali minha flor preferida. Por elas se parecerem tanto, decidi que nunca mais chamaria meu amor de Enteada. Eu a chamaria apenas de... Hortência.

CAPÍTULO CXLVIII

LICENÇA POÉTICA

Estas memórias poderiam terminar aqui, não fosse um fato. No chalé dos alpes suíços, quando li em seis horas o livro que contava nossa história, disse a meu pai: "Você precisa criar uma dúvida para o leitor, tão forte quanto a dúvida de Capitu". Ele me pediu uma caneta e escreveu o epílogo à mão. Eu havia me esquecido daquilo. Quando Editora Cliente me perguntou se aquele capítulo faria parte da história, eu disse que sim. Me esqueci de lê-lo até mesmo quando o livro foi editado. Por isso, eu o leio junto a você, caro leitor.

Quando já havia me transformado em provinciano, fomos eu, Hortência, Rocha, meu pai e Viúva Negra de Íris Amarela para Cunhas. Fiquei na fazenda de Tio Risada e deixei o casal de anciões na casa de Tio Ataia, porque suas histórias eram tão longas que sempre havia alguém a lhe dizer: "Ataia", que na linguagem mineira é o mesmo que "atalha".

Meu pai gostava de ficar lá, já que aquela casa ficava de frente para a igreja com o relógio pintado à mão. Naquele mesmo dia, ele e sua amada fariam cinco anos de casados. Todos, todos sabiam o que aconteceria. Todos estavam esperando a separação. Ele saiu da casa e sentou-se em uma cadeira de balanço na varanda. Olhou para o relógio da igreja e olhou para o relógio que estava em seu braço. Eram "dezesseis pras duas". Faltava apenas um minuto para as horas do relógio da igreja estarem corretas novamente.

Viúva Negra de Íris Amarela me contou que, naquele momento, ela se sentou ao lado dele e deram-se as mãos. Um minuto depois, ele fechou os olhos e ela deixou de ter um nome extenso e passou a ser conhecida apenas como Viúva. A única viúva de Capitão Fantástico. E nunca, nunca mais saberíamos se aquela união perduraria para sempre, ou se ela se encerraria aos cinco anos, como previsto, porque Capitães Fantásticos não são previsíveis.

Naquele instante, a morte de meu pai havia acabado de criar uma dúvida eterna: ninguém nunca saberia se aquela bela mulher era realmente o amor da vida dele, ou se tudo era uma grande ilusão.

Se essa dúvida era tão forte quanto a dúvida de Capitu, só o tempo poderia dizer.

Meu pai havia acabado de entrar no reino dos mortos e de se tornar inspiração para os risos, em festas. Ele se mudou para aquele lugarejo fantasma, onde nossos antepassados nunca deixaram de viver. Finalmente, encontrou Avô Paterno e Tio Anjo. Ao encontrá-los, Avô Paterno lhe disse: "Você conseguiu me superar. Casou-se quatro vezes!". Meu pai riu e o abraçou, dizendo: "Você sabe que eu te perdoei quando conheci Viúva Negra de Íris Amarela. Naquele momento, eu te entendi".

Meu pai olhou para Tio Anjo. Em uma mão, ele carregava o exemplar de "Carta ao Celebrante" e pediu que o autografasse. Na outra, carregava uma farda. Meu pai, então, assinou o livro, tirou suas vestes e vestiu a indumentária da Academia Brasileira de Letras. Depois, abraçou seu melhor amigo e ainda agnóstico, disse pela última vez: "Deus existe!".

O leitor mais astuto poderá me questionar: "Como você soube disso? Você é um narrador em primeira pessoa. Portanto, não é onisciente".

Eu respondo com duas palavras apenas: "Licença poética".

Aponte a câmera do celular para o QR Code abaixo
e conheça mais livros visitando o nosso site.